語りつぐ者

パトリシア・ライリー・ギフ＝作
もりうち すみこ＝訳

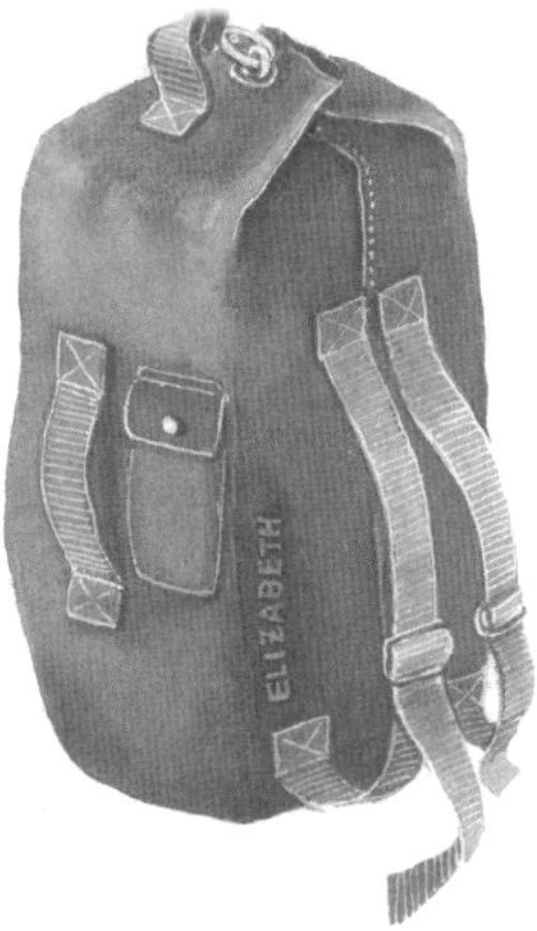

さ・え・ら書房

語りつぐ者

もくじ

装画・装丁
田島董美

1　デッサンの少女

授業が終わった。ようやく、待ちに待った週末だ。エリザベスは、ひとりで家に向かっていた。

帰ったら、台所の長イスに寝《ね》そべって、図書館から借りた本を読もう。そして、昨夜パパといっしょに作ったブラウニーの残りでも食べよう。

それさえできれば、何もいらない。

つかれた足を引きずって裏口へまわりながら、横目で居間をのぞき、それから父親の仕事場をのぞいた。ガラスごしに、仕事をしている父親が見える。

のっぽで、ひょろひょろにやせてて、こめかみの辺りがもうちょっぴり白髪《しらが》になっている父親。長い体を折り曲げるようにして、作業机の上で木片に彫刻刀《ちょうこくとう》をふるっている。

頭の上の棚《たな》には、父親の彫《ほ》った木の動物たちとお面がひとつ、行儀《ぎょうぎ》よく一列に並んでいる。気味の悪いお面は、いつ見ても、こっちをにらんでいるようだ。

エリザベスは、思わず首をかしげた。

こんなお面をかぶるような人がいるとすれば、ほんとは気が弱いくせに自分を怖《こわ》そうに見せたい女の子で、名前は……。

父親が気がついて、顔をあげた。

「ああ、エリザベスか」

エリザベスは、裏口のステップを上がってドアを押《お》しあけ、台所の中へ学校のリュックを放りこんだ。

「ただいま、パパ」

「外で何してたんだ？」廊下《ろうか》から台所に入ってきながら、父親が聞いた。

「何をって……」何をどういえばいいんだろう。「別に何も」

父親の眉間《みけん》に、縦じわが一本。

何だろう？　わたし、何かやっちゃったっけ？　それとも、やんなきゃならないことが、あったんだっけ？　それとも……。

エリザベスは心の中でニヤリとした。パパが、自分でやんなきゃならないことを思いだしただけかも。流しには朝食の皿がつっこまれたままだし、テーブルの上には、サンドイッチのパンの耳が残った大皿が置きっぱなしだから。

「ホットチョコレートでも飲んで、あったまるか？」父親が、冷蔵庫から牛乳を取りだしながらいった。

眉間《みけん》のしわは、まだ消えない。なんだろう？　考えながら、エリザベスは、戸棚《とだな》のクラッカーの袋《ふくろ》に手をのばした。

「エリザベス、じつは、オーストラリアに行かなくちゃならなくなった。メルボルンの大学で、彫刻《ちょうこく》の展覧会をやるようたのまれたんだ」

オーストラリア！　そんな遠くへ。

エリザベスは、聞こえよがしにため息をついた。

てことは、またあのエルドリッジさんちにあずけられて、息のくさいデブのブルドッグと何日もすごさなきゃいけないってわけ？　まあ、いいや。パパが学校で彫刻《ちょうこく》をおしえたり、作品を売りに行ったりするたびに、やってきたことだもの。

父親は、白髪《しらが》の混じり始めた髪《かみ》をかきあげた。

「リビーおばさんに電話した。行ってもいいそうだ」そういいながら、ココアの箱をさがしている。「ここから、ほんの二、三時間のところだもんな」

クラッカーを口に入れようとした手をとめて、エリザベスは、まじまじと父親を見た。

リビーおばさん？　ママのお姉さんの？　今までに、たしか二度しか会ったことない人よ。

なんだか知らないけど科学者で、殺風景な実験室に閉じこもって、本人しかわかんないものが入ったシャーレを相手に一生をすごしてきた人よ。

クリスマスと誕生日には、さえないカードを送ってくれるけど、いつも読めないほどちっちゃい字でメッセージを書く人。独身だから、もちろん子どももいない。

エリザベスは、思わず声を張り上げた。

「リビーおばさん?!　どんな顔だかも覚えてないのよ。わたし、エルドリッジさんちに行く」

父親は、背中を向けて、コンロにかけた牛乳をかきまぜた。

「エルドリッジさんは、引っこすそうだ」

「じゃあ、アレクサンんちがいい。親友だもん」

父親は、沸騰《ふっとう》寸前の牛乳をグラスに注いだ。たちまち、グラスにひびが入った。コンロの方に流れ出た牛乳が、ジューッと音をたてる。

それを見ながら、エリザベスは母親のことを考えていた。ずいぶん前に自動車事故で亡くなった母親の面影《おもかげ》は、もうほとんど覚えていない。

父親がエリザベスのほうへ向きなおった。

「エリザベス、今回は、一か月以上になるかもしれない。どうしても、それ以上短くならないんだ。おまえといっしょに行けたらいいんだがな。おれだって、そんなに長い間、おまえを置いて行きたくはないんだよ」

父親は、ふきんを持ったまま、ちょっとためらってから、話をつづけた。

「でも、ちょうどいいかもしれん。おまえも、母さんの方の親戚《しんせき》を知っておいたがいいし。ずっとそう思っていたんだ。でも、リビーはここ何年か、カナダで研究していたからな。でなければ、もっと早く連絡《れんらく》をとれたんだが」

エリザベスは返事をしなかった。居間に行って、テレビをつけた。そして、部屋の中の物がビリビリふるえるほど、音量を上げた。

父親がドアのところに立った。

「すまん、エリザベス。ほんとにすまんと思ってる。だが、今回の旅行は、おれたちにとって、すごく重要なんだ。売り上げやら、今後の仕事の依頼《いらい》がかかってるからな」

エリザベスは、父親に背中を向けた。リビー。転校。そのうえ、コーラスと体操教室にも出られなくなる。

もともと父親は、学校の授業のことなど気にも留めていない。一度、二、三週間学校を休ませたことがあったが、「おまえなら、すぐ追いつくさ」といったきり、エリザベスが追いつくことを信じきっていた。

これって、ものすごく不公平だ。でも、わかっている。パパが決めたことは、絶対に変えられない。少なくとも、部屋のドアをわざと乱暴に開け閉めしたり、朝食を食べなかったり、仮病を使って学校を休むなんて程度の抵抗《ていこう》では。

一週間後の金曜日、父親が、地下室から、軍の払《はら》い下げ品みたいな大きなダッフルバッグをふたつだしてくると、エリザベスは、持ち物のほとんどすべてをバッグに詰めこんだ。その間、父親は家の中を片づけ、家中のかぎをかけた。

春先だというのに、雪が降っていた。羽毛のように舞《ま》う雪の中を車は走った。フロントガラスを、雪がうっすらとおおった。ワイパーが、トトットトッとリズムを刻んだ。

「もし今回の仕事がうまくいけば、来年も呼ばれる。そしたら、もっと金がたまって、いつか、おまえもいっしょにオーストラリアに行けるかもしれん。今回の旅行で、昔彫《ほ》ったやつのいくつかを売れると思うんだ」

「どうだっていいよ」思わずつぶやいたが、父親に聞こえただろうか。

父親がラジオをつけた。ヘドが出そうな曲。エリザベスは、スイッチに手をのばし、やっぱりヘドが出そうな別の曲に変えた。

「おまえのことをわすれてるわけじゃないんだ、エリザベス」

父親のことばが聞こえなかったふりをして、エリザベスは、曲に合わせてずっとハミングしつづけた。

とうとう車が止まった。おばの家は、雪におおわれた前庭の向こうに、ひっそりと立っていた。

玄関口《げんかんぐち》で、リビーおばがドアをあけるのを待つあいだ、エリザベスは、寒さに丸めた背中をずっと父親に向けていた。

出てきたおばは、のっぽで骨ばかりにやせている。めがねごしに空色の瞳《ひとみ》でふたりを見つめ、ぎこちなくほほえんだ。

お人好しなんだね。こんなお荷物を押《お》しつけられても、いやな顔しないなんて。

お荷物。なんてぴったりのことば。国語のトーマス先生なら、絶賛するわね。

そう思ったとたん、胸がキリキリ痛んだ。月曜になれば、新しい学校に行かなくちゃならない。知ってる子がひとりもいない学校に。

ダッフルバッグを引きずって、エリザベスと父親は、リビーがかんぺきにそうじした玄《げん》関《かん》を通り、きれいに片づいた気持ちのいい居間に入った。

父親はかがんで、娘の頬《ほお》にさよならのキスをしようとしたが、エリザベスが身を引いたので、唇《くちびる》は髪《かみ》をかすっただけだった。

父親は、二言、三言何かつぶやくと、出ていった。

首すじに赤いしみの浮《う》き出たリビーが、エリザベスに近づいてきて、両手をさしのばした。ひょっとして、抱《だ》くの？と思ったが、すぐにコートを受け取ろうとしているのだとわかった。コートに積もっていた雪がボトボトと落ちて、絨毯《じゅうたん》をぬらした。

エリザベスは、リビーが気の毒になった。

どうせパパは、電話一本でわたしをむりやり押《お》しつけたにきまってる。まるで三個目のダッフルバッグみたいに。

またもや、胸がキリキリ痛む。これはきっと、心臓の病気だ。

壁《かべ》の鏡に目をやったが、相も変わらぬすがたは、健康そのものだ。

あーあ、ここで床《ゆか》にくずおれて息絶えたら、パパをギャフンといわせてやれるのに。

そうなれば、パパはオーストラリアへの出発を遅《おく》らせ、娘《むすめ》の遺体を埋葬《まいそう》しなくちゃならなくなる。ダッフルバッグの中身を、このつやつや光る床《ゆか》にあけ、代わりにわたしの遺体を……。

エリザベスは、ハッとわれにかえった。

今は、リビーとふたりきりだ。どんな会話をすればいいんだろう。リビーがダッフルバッグのひとつを拾いあげたのを見て、すぐにもうひとつを拾いあげ、リビーのうしろから二階へ上がっていった。

「二階には、ひとつ寝室《しんしつ》があるだけなの。だから、トイレもバスタブも、あなた専用。バスタブの中で、本を読んでもいいのよ。テーブルに何冊か置いといたわ」

いいじゃない？　バスタブにかくれて一日じゅう本を読もうっと。

とたんに、思いだした。一度、家のバスタブに水をだしっぱなしにしたこと。台所にいた父親が天井《てんじょう》を見上げた。真上のバスルームからしみだした水が、ポタポタ垂れている。父親は、ため息をつきながら頭をふって……。

気がつくと、リビーと並んで寝室《しんしつ》の入口に立っていた。

エリザベスは、ひとめ見たとたん、その部屋が大好きになった。

自分のうちの部屋より、ずっといい。友だちのアレクサの部屋より、うんとすてきだ。なんともいえない心地よさ、なつかしささえ感じる。これが、ほんとの自分の部屋だったら！

フローリングの床《ゆか》は、一階の玄関《げんかん》ホールの床《ゆか》と同様、つやつや光っている。ベッドの足元には、古布で織ったマットがあるが、青、赤、緑の美しい色づかいで、ほんもののキルトのようだ。

一方、ベッドカバーのキルトは、たくさんの家がぬいあわされたパッチワークになっている。どれも少々いびつだが、ベッドに横になって何時間もながめていられそうだ。ひとつひとつの家のドアをあけ、中に入っていく空想にふけって。

窓は裏庭に面していた。降りしきる雪が、庭木の枝や低木のしげみにみるみる降り積もり、遠くの方はもう見えない。窓ぎわには、場ちがいなほど大きなイスが置かれていた。

「この部屋は、わたしの部屋だったの。あなたくらいのときにね。あなたのお母さんと、いっしょにつかってたこともあるわ」

ママの部屋！

だが、リビーのいい方には、あまりこの部屋を好きにならないように、と警告しているような響《ひび》きがある。リビーは、この部屋とこの家を、自分だけのものにしておきたいと考えているんだろうか？

それならそれで、結構。

気まずい雰囲気《ふんいき》のまま、ふたりは、どうにか午後をやりすごし、食堂で夕食をとった。食事の間じゅう、エリザベスは、何をしゃべればいいのかを考えつづけたが、話ははずまず、ナイフとフォークばかりが大きな音をたてる。噛《か》む音や飲みこむ音まで、たがいに聞こえていそうな気がする。

夕食の出来は、最悪だ。ハンバーガーは焼きすぎてパサパサだし、フライドポテトはほとんど焦《こ》げている。だが、エリザベスはリビーにほほえんでいった。

「こんなにおいしい食事、ほんとにひさしぶり」今朝の朝食以来ね、と心の中でつけくわえる。

夕食後、居間でテレビを見ていたときだ。となりにすわっているリビーが片手を上げ、神経質にヒラヒラふりうごかしている。その目が玄関《げんかん》ホールへ向いているので、エリザベスもそちらに目をやった。

壁《かべ》に、銀色の額縁《がくぶち》に入った少女のデッサンがかかっている。

エリザベスが身をのりだしてよく見てみると、その絵はひどいありさまだった。紙は水にぬれたのか、ごわごわになっていて、しみや手あかがついている。しかし、もっとひどいのは、描《えが》かれている少女自身だ。

線は不鮮明《ふせんめい》になっていても、その子がけっして美しくないことはひと目でわかる。頰《ほお》はリンゴのように盛りあがって、鼻は小さなだんご鼻。

エリザベスには、すぐにわかった。リビーが、なぜその絵を見せたがっているのか。わたしに似てるのだ。うりふたつだといってもいい。もし、わたしがあんな頭巾《ずきん》をかぶって、肩《かた》にあんなショールをかけたら……。

「あの子、だれ?」とエリザベスは聞いた。

「あの子の名はエリザ。あなたの名前に似てるでしょう? あの絵は、祖母のものでね。祖母はその祖母からもらって、その祖母もその前の祖母から……。その子、ズィーって呼ばれてたんですって」

わたしのひいおばあちゃんの、そのまたおばあちゃんの……?

「羊皮紙に描《か》かれているの。当時はやわらかだった思うのよ、だって羊の皮だから。ズィーは、お母さんを……」

口ごもったリビーの頰《ほお》が真っ赤になった。首のあざと同じくらいに。

少女の目は、何か悲しげだ。エリザベスは、まるで鏡を見るようだった。

「お母さんを亡くしたの？」

リビーが、気の毒そうにうなずいた。

エリザベスは直感した。それだけではないはずだ。

「お父さんも？」

「そうなの。独立戦争のときにね」とリビーがやせた肩《かた》を上げた。「あなたの髪《かみ》って、お母さんにそっくり」

おやおや、話題を変える気？

「つやがあって、まっすぐで」

エリザベスは、自分の髪《かみ》に手をやった。この前、すじ状に染めてみたが、失敗した。そもそも、自分でやろうとしたのがまちがいだった。

居間にすわったまま、エリザベスはしばらくズィーの絵をながめていた。二百年以上も前に生きていた人に似てるなんて、奇妙《きみょう》な感じだ。ひょっとしたら、ひとりぼっちじゃないのかもって気もする。

その夜、エリザベスはベッドにもぐりこみ、いびつな家の模様のキルトを頭からかぶった。一階の寝室《しんしつ》にいるリビーに、泣き声が聞こえないように。

しばらく泣いたあと、頭をあげて窓を見た。雪は相変わらず斜《なな》めに降りしきっている。

エリザベスは、ズィーと呼ばれたエリサのことを考えながら、いつのまにか眠《ねむ》りに落ちた。

わたしによく似たズィー、わたしと同じくらい悲しそうなズィー……。

2　階下からの話し声

雪って、羽毛みたい！

空を見上げてクルクル回りながら、あたしはミトンの手に雪片をうけた。ダイヤモンド形の結晶《けっしょう》が、いくつもふんわりとのっかっている。

ハッとしてふりむくと、門が！　あけっぱなしにしたのは、あたし？

羊がいない。からまった巻き毛の、ころころした羊たちが一頭もいない。

あたしたちのだいじなだいじな羊。冬の間の食料と羊毛の服になってくれるはずの羊が、逃《に》げてしまった。どうしよう？　何てことやっちゃったんだろう！

あたしはスカートをからげてかけだした。息を切らして走りながら、雪におおわれた丘《おか》に羊のすがたをさがした。

点々と見える白いこぶは、羊？　それとも、羊が雪をさけてもぐりこんでいるしげみ？

地団駄《じだんだ》を踏《ふ》みながら、あたしは羊たちの名前を呼んだ。

「ワイス！　スターン！　クララ！　どこにいるの？　ほかのみんなも、どこ？」

いくら呼んでも、一匹《いっぴき》も帰ってこない。白い雪のこぶは、どれもピクリともしない。

ぬれた目をしたあのバカな羊たち。きっとみんな凍《こご》え死んでしまう。

父さんのがっかりした顔、ジョン兄さんの怒《おこ》った顔が目に浮《う》かぶ。

ああ、ふたりが、ケーレブ・ウォーカーの手伝いになんか行ってなければよかったのに。せめて、母さんが、パッチンさんのところの糸つむぎの仕事からもどってれば……。

でも、わかってる。やんなくちゃならないことは。

たとえ、どんなに恥《は》ずかしくても。

みるみる深くなる雪の吹《ふ》きだまりに足をとられながら、あたしは鐘《かね》のところまで走っていき、思い切りロープを引っ張った。

助けを求めるけたたましい鐘《かね》の音が、白い雪の丘《おか》に、谷間にひびきわたり、数少ない隣人《りんじん》の家々へ流れていく。

あたしは、またかけだした。

鶏《とり》小屋を通りすぎ、氷の浮《う》かんだ川を横目に見て、家の裏手の丘《おか》に出た。羊の名前を呼んでさがしまわりながら、数年前、父さんが最初のつがいの子羊を抱《かか》え、五十キロメートルの道を歩いて帰ってきたときのことを思いだしていた。

農場を少しずつ大きくしてきたことを、父さんはどんなに誇《ほこ》りに思っているだろう。まだあたしが幼いころ、父さんと母さんは、生まれ育ったライン川沿いのパラティネートの思い出を話してから、こういった。

「だが、おれたちはここへやってきた。新しいおれたちの土地へ。ここには、自由につかえる川の水がある。おれたちは、きっとここで豊かになれるぞ」

父さんは思いもしなかったのだ。あたしみたいな娘《むすめ》を持つなんて。パンを焼けば焦《こ》がし、石けんを作るための油脂《ゆし》はこぼす……。

おまけに羊までにがして……。

助《すけ》っ人《と》は、まもなく、四方八方からかけつけた。

レナペ・インディアンのジェラードじいさんが、差《さ》し掛《か》け小屋から出てきた。裏の丘《おか》をこえて、父さんやジョンといっしょにウォーカーさんも走ってきた。友だちのアミーと、おだやかな灰色の目をした兄のアイザックは、森をぬける小道をかけてきた。年がら年中わらっていて、わらうようなことが何もなくてもわらっているミラーとジュリアの兄弟も、走ってきた。父さんは、ふたりを「いい人たちだ」といって信頼《しんらい》している。いい人たちは、こんなときでさえわらっていた。

ミラーは、あたしをヒョイと抱《だ》きあげて、雪だまりをとびこえさせた。あたしはミラーの肩《かた》をこぶしでたたきながら、「やめてよ、役立たず！」とどなった。

ミラーが、グッと顔を近づけてくる。モシャモシャした黒い髪《かみ》が、あたしの額にふれた。

「役立たずとはだれのことだ？　おっちょこちょいのズィーさんよ」

父さんが聞きつけて、ふりむいた。

目があったとたん、はっきりとわかった。父さんは心から思っている。あたしのことを役立たずだと。こんな雪の中、自分たちの仕事でいそがしい隣人《りんじん》たちを羊さがしにかりだすような娘《むすめ》を持って、心の底から恥《は》ずかしいと思っている。

寒さで頬《ほお》を真っ赤にしたアイザックが、気の毒そうにあたしを見た。

その夜、あたしは屋根裏でキルトにくるまって、雹《ひょう》がバラバラと低い屋根をたたくのを聞いていた。

階下から、炉《ろ》で火がはぜる音とともに、母さんに怒《いか》りをぶつける父さんの声が聞こえてきた。

「いったい何なんだ？　あの娘《むすめ》は。羊の番すらできんのか?!」

あの娘《むすめ》とは、あたし、ズィー。

ああ、あたしはどんなにねがってるだろう、父さんが誇《ほこ》りに思うような娘《むすめ》になりたいと。でも、いつもいつも、失望させるだけ。

この原野を開拓《かいたく》して農場を作るために、父さんは働きに働いてきた。数かぎりない岩を掘りだし、はびこった木の根を引きはがした両手は、ふしくれだって曲がっている。めったにわらわないけど、ほほえむととってもやさしい顔になる。

「でも、よい隣人《りんじん》にめぐまれて、ありがたいことですわ」

父さんにも物事のよい面を見てほしいと思って、母さんはいつもそんないいかたをする。

つづく父さんの声には、苦々しさと不安がこもっていた。

「そりゃ、今は仲のよい隣人《りんじん》だ。だが、いつまでもそうはいかんだろう。意見のちがいが、日に日にはっきりしてきている。イギリスの国王に忠誠をつくすか、否か。増税におとなしく応じるか、否か。先のフランスとの戦争で、はでに金をつかった国王の、その出費をまかなうための増税にな」

しばらくとぎれたあと、また父さんの声がした。

「おろか者だよ、おれたちは。この植民地で骨身くだいてはたらきながら、おれたちのことをこれっぽっちも考えていない外国の王様につかえてるんだからな」

それっきり、階下はシーンとした。

ときおり、炉《ろ》で松ぼっくりのはぜる音がする。

キルトにくるまっていても、寒さで体がふるえてくる。足が氷のように冷たい。ルーシーという名の太った猫《ねこ》が、暖をもとめてすりよってきた。

頬《ほお》に流れるくやし涙《なみだ》だけが熱かった。

去年の春に生まれた子羊を二頭も失ってしまったのだ。あたしがうっかり門を閉めわすれたばっかりに。

なんて役立たずのズィー。

3　親友

エリザベスは、リビーの家の玄関《げんかん》ドアまでやってきて、気がついた。かぎがない。

バカだな、われながら。ズィーの絵の下にある、あの小さなテーブルの上に置きっぱなしにしたんだ。

自分の家では、かぎはリボンをつけて、裏の松の木の一番低い枝にかけてあった。それさえ何度かなくしたが、通りのかどにカフェがあったから、そこに入ってコーラでも飲みながら、父親の帰りを待てばよかった。

カフェに入ってくる人たちをひとりひとり見ながら、どんなふうに暮らしているかを想像するのは楽しかった。

あのやせた男性は、オートバイのレーサーかもしれないとか、今出ていった小太りの女性は、帰るなり台所でパイ生地をこねはじめるんだとか。

エリザベスは、ひたいをドアにつけて、目を閉じた。

新しい学校での最初の一週間は、さんざんだった。気をつけていたはずなのに、社会科の教室へ移動するときも、国語の教室へ行くときも、見事に迷ってしまった。

この一週間を持ちこたえられたのは、ひとえに、この家の階段をのぼりきったところにある寝室《しんしつ》のおかげだ。その寝室《しんしつ》のことだけを考えて、毎日をやりすごしてきたのだ。

一刻も早く、あの窓辺の陽に暖められたイスにすわり、ひざを抱《だ》いて丸くなりたい。あの大きなクッションに体をあずけ、庭の木の枝から枝へとびうつるリスや、フィービーの巣や、フェンスぎわでうっすらと芽をふくレンギョウをながめたい。

春とはいえ、外はまだ寒く、風も冷たかった。チリチリになった枯《か》れ葉が風にころがって、玄関《げんかん》に吹《ふ》きよせられてくる。

しかたがない。ステップにすわりこんで、リビーの帰りを待つとするか。みなし子よろしく。

実際、みなし子みたいなものだもの。

パパは、自分の彫刻《ちょうこく》について講義なんかしてるらしいけど、はるかなオーストラリアのどこにいるのやら。メールで、おまえに会えなくてさびしいとか何とか書いてくるわりには、けっこう楽しんでいるようすじゃないの。

エリザベスは、玄関《げんかん》ステップにドサッとすわりこんだ。ジーンズを通して、レンガの冷たさが伝わってくる。つま先も氷みたいに冷たい。

前の通りに並んだ家々を、一軒一軒《いっけんいっけん》ながめたが、それにも飽《あ》きると、ふりかえって、玄《げん》関《かん》わきの窓から、中のホールの青い壁紙《かべがみ》に目をやった。

コマドリの卵みたいな緑がかった明るい青。まるでそこだけ、暖かい春の陽が射しこんでいるよう。壁《かべ》にかかった額縁《がくぶち》の中のズィーも温かそうだ。

エリザベスは、ふとズィーの目を見た。ごわごわした羊皮紙に描《えが》かれたズィーの目は、実際にはただの黒っぽいしみでしかない。だが、その目のせいで、好奇心《こうきしん》いっぱいのズィーが、生き生きとした表情で親しげにこちらを見かえしているように見える。

エリザベスは首をかしげて、ズィーにつぶやいた。

「あなたはいいわね、ズィー」

そのとたん、ハッと思い出して胸が痛んだ。リビーの話によると、ズィーは両親を亡くした上に、独立戦争をくぐりぬけたとき、さらにひどい目に会ったという。

今のところ、それ以上は聞きだせていない。リビーは、いつもほとんどしゃべらないから。

でも、リビーはリビーなりに、一生懸命《いっしょうけんめい》やってくれているのだ。エリザベスにも、それはよくわかる。

今朝は、ホットケーキを作ってくれた。ダンボールぐらい厚くてかたいやつを。

「あなたのお母さん、ホットケーキが大好きだったの」とリビーがまた、片手を神経質にヒラヒラさせながら話した。「食べ残しの冷えたのだって食べたのよ。学校に行く道みち」

こんなかたいものを、ママはほんとに食べられたのかしら？

エリザベスは、一枚目をやっとのことで飲みこんでから聞いた。

「そのころも、あなたが朝ごはん作ってたの？」

リビーが目を丸くした。

「とんでもない。母よ。だって、わたし、そんなにうまく……」

突然《とつぜん》、ふたりは同時にわらいだした。

リビーは、わらいながら皿を取り上げると、ホットケーキをゴミ箱に放りこんだ。

そのあと、ふたりは、大箱に残っていたラズベリージャムクッキーで朝食をすませた。

もちろん、こっちは文句なしにおいしかった。

思い出話のつづきが聞けるかと待っていたが、リビーはチラッと腕時計《うでどけい》を見ると、ナプキンで口をぬぐっていった。

「遅《おく》れてしまったわ。急ぎましょう」

今は、ステップにすわってリビーの帰りを待つほか、やることがない。

エリザベスは、ポケットに手をつっこんだまま、玄関《げんかん》の窓ごしに、ズィーに向かって思い出話をはじめた。同じように、ミドルタウンの自分の家の玄関《げんかん》ステップにすわって、ドアにペンキを塗《ぬ》る父親を見ていたときのことを。

父親は真剣《しんけん》な顔で、注意深く刷毛《はけ》をうごかしていた。だが、ペンキは、きたないねずみ色だった。

「ねえ、赤で塗《ぬ》れば？　それとも、ピンクとか」

父親はうなっただけだ。

「ねえ、パパ」

とうとう、父親は白状した。

「この色がガレージに残ってたんだ」

「ひどい色！」

ママが生きていたら、ドアはきっとクリーム色で塗《ぬ》るにきまってる！と、ステップによりかかったときだ。

ひじが当たって、ペンキの缶《かん》がひっくりかえった。

あわてて缶《かん》を立てたが、両手はペンキでベタベタ。おまけに、こぼれたペンキがドロドロとステップを流れ落ちていく。

それを見ながら、父親が頭をふった。

「まったく、おまえって子は！」

エリザベスは、ズィーに話し終えた。

聞いてほしい話は、まだ何十もある。

母親の銀の指輪を失くした話。犬が飼えたら、エリオットという名前にしたいという話。今度の新しいクラスの担任はスパークスという女の先生で、話す前にかならずくちびるをなめるくせがあるという話。

ねえ、ズィー、それって、ゾッとする癖《くせ》だと思わない？

エリザベスはあらためて、ズィーのスケッチを見つめた。

ほんとに似てる、わたしに。

そう思うと、なんだかまるで親友でも見つけたような気持ちだ。

ズィーの話を、リビーからもっと聞きだそう。ズィーについて、リビーの知ってることを、どんな小さなことでもいいから聞きだして、それを全部つなぎあわせるのだ。

とにかく、ズィーのことが知りたい。

リビーの小型車が帰ってきた。リビーが、かぎを手に玄関《げんかん》へかけつける。

「かぎ、持ってくの、わすれちゃったの」とエリザベスはちょっと肩《かた》をすくめた。

リビーが頭をふる。

そのしぐさで、また父親を思いだした。

でも、リビーが「まったく！」といわないのはいい。それに、ここにすわってズィーの絵に話しかけていたことも、リビーは知らない。

もし知ったら、わたしのこと、頭がおかしいと思うだろうな。

パパみたいに。

4　戦争

見上げれば、カシの枝に、やわらかいネズミの耳みたいな若葉が並んでいる。

「さあ、種まきどきだ」なめし皮のような指の間から、トウモロコシの粒《つぶ》を畑にまきながら、ジェラードじいさんがいった。

レナペ・インディアンのジェラードじいさんは、作物のことならなんでも知っているから、あたしとアミー・パッチンは、いつもじいさんのいうとおりにする。

まず、土に棒をつきさして、穴をあける。

その穴に、トウモロコシの粒《つぶ》を三つずつ入れる。

それから、「そこで幸せにすごしてね」とトウモロコシにささやきかける。

いや、アミーはささやきかけない。アミーは、あたしみたいに物に話しかけたりしない。

でも、あたしは、パン種には「ふくらんでね」と話しかけるし、太陽には「ねえ、雲から出てきて」と呼びかける。

それでも、アミーはあたしの友だち。家での仕事が終わると、畑をつっきって、いつもあたしに会いにきてくれる。

「寒いね」アミーにいいながら、あたしはふるえていた。

「風も強いしね」とアミーも寒そうだ。

去年の落ち葉がカラカラになって、畑をころがっていく。頭巾《ずきん》が吹《ふ》きとばされそうになったので、あわてて押《お》さえた。

あっちの畑ではたらいているジョンの上着が、風にパタパタおどって、帆《ほ》かけ舟《ぶね》みたい。今にも山に向かってすべりだしそう。

そういえば、去年の冬編んだショールは、どこ行っちゃったんだろう？

うーん、思いだせない。

イバラのやぶにひっかかったまま？　それとも、川に落っこちて流れていって、広い世間を見に旅に出た？

編み目のとんだ赤いショールは、流れ流れて海をわたり、イギリス国王ジョージ三世とお妃《きさき》のシャーロットにお目通りをゆるされ、ふたりの前で気取っておじぎをする……。われながらバカバカしい空想に、思わず声をたててわらってしまった。

アミーがあたしの頬《ほお》をつついて、顔を近づける。フッとラベンダーのにおいがした。

「ズィー、そんなふうにひとりでわらうのって、あれよりもっとおかしいわよ」

「あれよりって？」と聞いてから、すぐにあたしは思い当たった。「ああ、あれね。ひとり……」

「そう、ひとりごとの癖《くせ》」アミーのいいかたはやさしかった。

あたしたちは腕《うで》を組んで、自分たちがまいたばかりのトウモロコシ畑をながめた。うねがジグザグに曲がっていて、あたしのおさげみたい。

あたしとアミーが種をまける年ごろになるとすぐ、父さんとアミーの父親のパッチンさんが、この小さな土地をくれた。居間ほどの広さもない。半分が父さんの土地で、半分がパッチンさんの。

そのころ、ふたりはとても仲がよかった。娘《むすめ》のあたしたちみたいに。

でも、戦争の話が出るようになると……。

考えちゃだめ、戦争のことは。

アミーは、あたしが突《つ》っ立ったまま何を考えてるのか、ちゃんとわかっていて、もう目をうるませている。

あたしは畑に棒をつきさして、さらに種まきの穴をあけながら、楽しそうにハミングした。今に何もかもうまくおさまるわよ、という顔をして。

でも、ほんとうは、嵐《あらし》の前の雲みたいに不安がどんどんどんどん大きくなって、心配でたまらない。

きのうの夕食のとき、ジョンは、皿がひっくりかえるほど、こぶしではげしくテーブルをたたいた。

「戦争はすぐにはじまる！　種をまきおえたら、おれは行く。行って王党派と戦う」

戦争……。

あたしはこぼれたスープを指でなめた。あったかい。しょっぱい。

戦争のことなんか、考えるもんか。

父さんが口を開いた。てっきり、ジョンをしかると思ったが、ちがった。父さんの顔は深刻で、灰色がかった青い目がいつもより暗かった。

「今に、結局、そういうことになる。隣人《りんじん》が隣人《りんじん》と戦うことに。王党派はイギリス国王に忠誠を誓《ちか》って戦うし、おれたちは、イギリスから自由になるために、やはり戦わざるを得ん」

あたしが、ジョンと父さんのことを思いだしていると、そのジョンが、畑を横切ってこっちにやってきた。片手に鍬《くわ》を持ち、すごい形相だ。

帽子《ぼうし》を風にとばされないように押《お》さえながら、ジョンはアミーをにらみつけた。

赤いリボンの頭巾《ずきん》をかぶった蓮切鼻《はすきりばな》のアミーに向かって、本気で怒《おこ》ることのできる人がいる?

「おまえの兄貴はどこだ? アイザックはどこにいる?」

アミーが、顔をあげることもできないまま、小声でこたえた。

「知らない」

「こっそり出かけてって、王党派といっしょに悪さしてんだろ。それとも、もうカナダまで行って、セントレジャー大佐《たいさ》のところにいるのか。大佐《たいさ》は、セントローレンス川をさかのぼってくるそうだもんな。おれたち、みんな知ってんだ。バーゴイン将軍と落ち合って、おれたちを攻《せ》め立てるつもりなんだろう。このニューヨーク州から、戦えるアメリカ人がひとりもいなくなるまでな」ジョンはそういいながら、上着の端《はし》を指が白くなるほどにぎりしめている。

アミーが顔を上げた。頬《ほお》が真っ赤だ。

「ジョージ三世につかえるのは、悪さじゃないわ。この国はイギリス国王の領土で、ここはイギリスの一部なんだもの」

ジョンが怒《いか》りを爆発《ばくはつ》させる！とあたしけ身がまえたが、ジョンはかがんで、土くれをひとつかみ握《にぎ》った。

「国王なんか、この土を見たこともないんだぞ。この土地を踏《ふ》んだこともない。国王が考えてるのは、おれたちからどれだけふんだくれるかってことだけさ。税金と食料と毛皮をな」

ジョンが口を閉じると、あとは、吹《ふ》きすさぶ風の音だけ。

手の中で土くれをくだいて、ジョンはアミーにいった。

「おまえの兄貴、アイザックは、裏切り者だ」

アイザックが、裏切り者？　あたしにほほえみかけてくれるアイザックが？　あたしがいつか結婚《けっこん》したいと思っている、あのアイザックが？

怒《いか》りにゆがんだジョンの顔。あたしは目をそむけて、川をながめた。

小さな無数の白馬のような波を立て、川は北へ流れている。戦いがはじまりそうな北のほうへ。

いきなり、ジョンが土くれを畑へ投げつけたので、土と小石のぶつかるにぶい音がした。木立ちの向こうにかくれているアミーの家に顔を向け、ジョンがいった。

「あれは、敵の家だ」

ジョンは、また畑のほうへもどっていったが、腰《こし》に手を当て肩《かた》をいからせたまま、あっちを向いて立っている。

アミーの頬《ほお》を、涙《なみだ》が流れている。

今まで、ジョンがあんな口のききかたをしたことなんて、一度もなかったのに。

あたしも思わず涙《なみだ》があふれた。

ジョンが一度決心したら、だれにも変えられない。それに、なぜか今回だけは、父さんもジョンに同意しているような気がする。

アミーが口を開いた。

「トウモロコシがちょっぴり大きくなったら、豆をまこうね。そうすれば、トウモロコシの茎《くき》をささえにして、豆が育つんだものね」

あたしたちは、ジェラードじいさんにおそわったとおりに種をまき、作物を育てる。じいさんのことばは、いつも変わらず、たよりになる。

でも、じいさん自身の暮らしは、なんて変わっちゃったんだろう！

この土地に何百年も住みつづけていたのに、レナペ族は、イロコイ族に土地をとられ、西のほうへと去っていった。ジェラードじいさんとひとりの孫だけが、差《さ》し掛《か》けの小屋にとどまったのだ。

この土地から出ていく日、じいさんの娘《むすめ》は子どもたちを集め、ジェラードじいさんの前にひざまずいて、自分たちといっしょに西へ行ってくれるようたのんだ。

じいさんは静かにこたえた。

「わしは、先祖のために、ここに残るのだ。先祖の霊《れい》は空にのぼった。だが、骨はこの地にある。わしが残らなければ、だれがその骨の世話をする？」

とうとう、じいさんの娘《むすめ》は、畑を横切り西のほうへと歩きだした。ぞろぞろと、子どもたちもしたがった。するとまもなく、彼女《かのじょ》は子どもをふりかえっていった。

「エラム、おまえは、おじいさんといっしょに残りなさい」

エラムは母親についていこうとしたが、母親は小石を拾ってエラムの足元に投げた。そこで、エラムはもどってきた。

そのときエラムがほほえんでいたのを、今でもはっきり覚えている。最初から、エラムはおじいさんと残りたかったのだ。

アミーが、あたしの肩《かた》をポンとたたいた。

「トウモロコシを収穫《しゅうかく》するころには、こんな戦争の話なんて、みんなわすれてるわよ」

アミーの顔は、そのことを信じきっている。

どうか、どうか、アミーのいうことが当たっていますように。

今回だけは、どうか。

5　鶏《とり》小屋

夜遅《おそ》くなって、雨が降りはじめた。

雨はブリキの屋根を高く鳴らし、壁《かべ》の丸太や煙突《えんとつ》のレンガ、かたい地面を、怒《おこ》ったようにたたきつづけた。

猫《ねこ》のルーシーは雨がきらいだ。あたしの足元のキルトの上で体を丸めている。似てる。ミラーがキノコの傘《かさ》にくぎで描《か》いたあの猫《ねこ》、そっくり。毛を逆立てたルーシーを写しとったみたいなあの猫《ねこ》は、あたしの寝《ね》ワラのそばにころがって、いつも怒《おこ》っている。

ねむれない。また、何かをしそこねているような気がする。羊じゃない。門はたしかに閉めたから。

なぜか、ふと、うちの屋根に上がっているミラーのすがたが目に浮かんだ。手に金づち、口にくぎをふくみ、屋根板をはっているミラー。隣人《りんじん》たちみんなで、うちの家を建ててくれたころのことだ。

思いだした！　鶏小屋《とり》だ！

あたしは、屋根裏から手さぐりでおりていった。灰をかけられた炉《ろ》の小さなおき火をたよりに、小屋を出た。ジェラードじいさんがおしえてくれたとおり、物音ひとつたてず。

「けものの足跡《あしあと》をたどるときは、音をたてんよう、足の踏《ふ》み場《ば》によくよく気をつけるんだ。猟師《りょうし》のだいじな心得だ」

たたきつける雨に、あたしは思わず首をちぢめた。

どしゃ降りの雨を透《す》かして見えるのは、岩場を流れる川。両岸は白く泡立《あわだ》ち、大粒《おおつぶ》の雨が川面にたたきつけている。流れの向こうの麦畑で、雨に打たれた緑の穂《ほ》がいっせいに頭を垂れている。

鶏《とり》小屋に近づいてみると、あいた扉《とびら》が、バタンバタンと風にあおられ、柱に結びつけられているはずのロープが風に踊《おど》っている。

しまった！　昼間、鶏《にわとり》にエサと水をやったあと、ロープを結びそこねたんだ。

母さんや父さんより先に気がついて、よかった！と思った矢先、白いものが目にとびこんだ。

鶏《にわとり》たちが泥《どろ》の上をかけまわっている。茶色いけものが、鶏《にわとり》を一羽くわえている。あたしは石を拾うと、そいつに向かって投げつけた。でも、目に流れこむ雨のせいで、ねらいがはずれてしまった。

キツネは、ふさふさしたしっぽを地面すれすれになびかせ、小屋をまわって逃《に》げていった。

ふいに、うしろで足音がして、だれかの手が、あたしの口と鼻をふさいだ。息ができない。これじゃ、キツネにくわえられた鶏《にわとり》と同じだ。あたしは背中をそらし、その手をはずそうと、両手でめちゃくちゃに引っかいた。

「ズィー、静かにするんだ」

手が、あたしの顔からはずれ、両腕《りょううで》をつかんだ。

ジョン。

「もう！　死ぬかと思ったよ」

ジョンのぬれた手が、さらに強くあたしの両腕《りょううで》をしめつけた。

「おまえに母さんを起こされたくなかったんだ」

「それより、鶏《にわとり》、つかまえなくちゃ」

そう口ではいったくせに、あたしはジョンによりかかり、頰《ほお》の涙《なみだ》をぬぐった。

「鶏《にわとり》なんか放っとけ」と背中でジョンがいう。

あたしは、ジョンにもたれたまま首をふった。

キツネは、きっとまたもどってくる。きょう持っていかれたのは、鶏《にわとり》一羽の肉だけじゃない。これから先、食卓《しょくたく》にあがるはずの一日一個の卵すべてを失ったことになるのだ。

ジョンはあたしの両腕《りょううで》をつかんだまま、雨にぬれない木の下まで押《お》しやった。

「おまえにいっとく。おれは今から、ミラーやジュリアンといっしょに家を出る。母さんに気づかれないうちに。泣かれるのはいやだからな」

家を出る？　こんな雨の中？　真夜中なのに？

ジョンとジュリアンと、それにミラーまで？

あたしをからかってばかりいるミラーだけど、うちの畑をたがやしたり、小麦を粉にひいたりして、ずっと助けてくれていた。

あたしはふりむいて、ジョンの袖《そで》をつかんだ。

「なんで、そんなことするのよ？」

「戦うためだ」

ジョンのぐしょぬれの帽子《ぼうし》のふちから、雨がポタポタ垂れている。暗いので、目の表情まではわからない。

「だって、ここ、まだ戦争には……」

ジョンのいらだった声がさえぎった。

「ズィー、わからないのか！　いくらもたたんうちに、おれたちみんな、この戦争に巻きこまれるんだぞ。ここで自由に自分たちの生活をしようと思ったら、戦うしかないんだ」

「あたし、今だって、自由だもん！」

「おれとおやじは、あからさまに国王の悪口をいってきた。ここにだって王党派はいる。きっと、おれたちを追いだしにかかるに決まってる」

王党派？

あたしは、パッチン家のことを考えた。

あたしたちは、畑ひとつへだてたお隣《とな》りさん同士だと、アミーはいつもいってた。春はいっしょに遊ぶし、冬はいっしょにキルトを作る仲間だと。

アミーの兄のアイザックだって。柵《さく》の修理はほっぽらかして柵《さく》の上にすわり、そばかすだらけの手で荒削《あらけず》りの横木をたたきながら、あたしにいったのだ。

「ズィー、そんなかごなんか置いてさ、ここにすわんなよ。ちょっとのんびりしよう」

ああ、アイザック。

うっかり口にだしてしまったらしい。ジョンが、苦々しげにその名前をくりかえした。

「アイザックか。やつも、とっくに出ていったさ。王党派といっしょに戦うために。やつだけじゃない。この谷間に王党派はほかにもいる。おれたちは、そいつらに警告してやるんだ。ミラーとジュリアンとおれとでな」

あたしが頭をふると、ジョンはあたしの腕《うで》を荒《あら》々しくつかんだ。

「あいつらは、おれたちをやっつけるつもりなんだぞ。おれたちみんなを。あのイギリス軍と王党派のやつらは」

あたしには、そんなことまで考えられない。

両手を握《にぎ》りしめ、祈《いの》るような気持ちでたのんだ。

「ジョン、おねがい、行かないで。あんたにもしものことが起こったら、どうなるの？」

「おれは、北へ行く」あたしのいったことなんか聞こえなかったみたいに、ジョンが肩《かた》ごしに北を指さした。

「北ぐらい、知ってるよ」とあたしはいいかえした。

太陽がどっちから昇《のぼ》って、どっちに沈《しず》むかぐらい、あたしだって知っている。北に行くには、朝は太陽を右に見て、午後は左に見て進まなくちゃならないのだ。

「民兵が組織されているそうだ。おれは、デイトン砦《とりで》の近くで、ハーキマー将軍の訓練をうける」

ハーキ……？　そんな聞きなれない名前、くりかえすこともできない。

「ハーキマー将軍の父親は、ヨーロッパのパラティネートの出身だ。おやじと同じだ。つまり、おれたちは同朋《どうほう》なんだ」

家の中で灯りがチラチラしている。父さんが起きたのだ。

あわててジョンのほうをふりむくと、すでにすがたはなかった。林の中へと走り去ったらしい。まるで闇《やみ》に溶《と》けたみたい。きっとジェラードじいさんが、ジョンにもおしえてたんだな。

あたしはそのまま、雨で黒光りしている木の幹や、水滴《すいてき》をしたたらせている木の葉をぼんやりながめていた。が、ハッとわれにかえった。

ぐずぐずしちゃいられない。びしょぬれの鶏《にわとり》たちの世話をしてやらなくちゃ。

すぐにスカートを両手で広げ、コッコッと舌を鳴らしながら、鶏《にわとり》たちを小屋の中へ追いたてた。

かわいそうに、みんな、雨と泥《どろ》にまみれた羽根を重そうに引きずっている。これじゃ、何が起きたのか、父さんには一目でわかってしまう。

でも、今、あたしの頭の中はジョンのことでいっぱいだ。

まだ小さかったころ、いっしょに遊んだジョン。あたしが足をくじいたとき、家までずっとおぶってくれたジョン。じゅうぶんに食べ物がなかったときは、自分のをあたしに分けてくれたジョン……。

ロープを輪にして鶏《とり》小屋のとびらにかけ、しっかりと結んだ。それを何度もたしかめてから、家のほうへ歩きだした。

家の前に父さんが立っていた。雨を透《す》かしてじっとこちらを見ている。

「ズィーか？」

あたしはその場に立ちつくした。雨に打たれながら、怖《こわ》くてうごけなかった。

「ごめんなさい、鶏《にわとり》が……」

「鶏《にわとり》？」

「一羽、キツネにとられたの」

父さんが思わず一歩踏《ふ》みだした。怒《いか》りのあまり口がきけないようすだ。

父さんの気をそらしたい一心で、あたしはすぐにいった。

「それに、ジョンも行っちゃった」

父さんの顔色が変わった。

「そうか、いずれ行くとは思っていた。この農地がなかったら、それに母さんがいなかったら、おれだってきっと行く」

胸がキリキリと痛んだ。

父さんはきびしいけど、怒《おこ》ったあとはかならず許してくれる。それに動物たちをあつかうときの、あのやさしい手つき。

農場と母さんが父さんを引きとめてくれて、ほんとによかった。

家の中に入ると、母さんがテーブルについていて、両手に顔をうずめていた。

「わかってますわ、ジョンね」

あたしは、りんご酒をマグカップに注ぐと、ひとつを母さんの前に置いた。母さんがカップを両手で包んだ。

「ズィー、あなた、ほんとにいい子」

あたしは横目で父さんを見た。

いい子なんかじゃない。あたしがうっかりしたせいで、鶏《にわとり》が一羽キツネにやられたばかりか、雨にぬれたほかの鶏《にわとり》たちも寒さで全滅《ぜんめつ》するかもしれないのだ。

しかも、ジョンはいなくなってしまった。あたしなんかに、ジョンの代わりができるんだろうか？　あたしの力じゃ、畑で父さんの仕事を助けるのはまだむりだ。

母さんを助けようにも、糸をつむげば糸車にからませるし、スカートを縫《ぬ》ってもシャツを縫《ぬ》っても針目がそろわず、ろくなものは作れない。
なべでトウモロコシのおかゆを焦《こ》がし、鉄の型でケーキを焦《こ》がし……。
あたしは、生温かいリンゴ酒をひとすすりすると、それを口に含《ふく》んだまま考えた。
もっとしっかりやらなくちゃ。
もっともっと。

6　やけど

昨日の朝食は、焦《こ》げたベーコンとほとんど生卵のベーコンエッグだった。食事のあと、リビーが頭をふりながらいった。

「わたし、朝ごはん作るの、あきらめるわ」

「よかった」とエリザベスはとっさにつぶやいた。

ブチョブチョのフレンチトーストや、岩のようにかたいワッフルを苦労して飲みこんだ記憶《きおく》がよみがえったのだ。

が、つぎの瞬間《しゅんかん》、自分のことばにギョッとして、わびる気持ちで、すぐさまリビーの腕《うで》に手を置いた。

リビーがおかしそうにわらった。

「ほんとに、あなたを見てると、あなたのお母さんを思いだすわ」

わたしの気持ちを軽くするために、そういってくれたのだ。エリザベスはたまらなくうれしかった。

今朝、エリザベスは、片手に自分で焼いたトーストの最後のひと切れを、もう片手にアップルジュースのグラスを持って、玄関《げんかん》ホールのズィーの絵にささやきかけた。

ああ、あなたが今、生きて額縁《がくぶち》から出てきてくれたら、ほかにどんな友だちもいらないのになあ。

それにしても、こんなところをリビーが見たら、どう思うだろう？

それに、クラスの子たちは？

ここにきて一か月たつというのに、クラスのだれひとり、ちゃんと話しかけてくれない。といっても、自分だって、ほとんどだれにもしゃべりかけたことがない。

毎日、昼食の時間になると、エリザベスはかならず、カフェテリアの長イスの一番端《はし》にすわり、サンドイッチに何か異常でもあるみたいにしげしげと見たり、牛乳パックの文字を読んだりする。ときどき、本を読むこともある。

エリザベスが何をしていようと、クラスのだれも目を向けない。

そこまで考えたエリザベスは、社会科の見学遠足のときのことを思いだし、顔がほてった。

引率のスチュアート先生は、キャッツキル山地のぬかるみを、矢じりや黒曜石《こくようせき》、雲母《うんも》のかけらを自らさがして歩きまわり、デラウェア川の支流にも入っていって、水に洗われてすべすべになったガラス質の石を水の中から拾ったりした。

先生は、過去の遺物をこよなく愛する社会科の教師なのだ。

エリザベスも、キラキラ光る小石を見つけて拾い上げ、高く掲《かか》げてながめながら想像した。

この空のはるか高いところ、宇宙空間で彗星《すいせい》が爆発《ばくはつ》した。その熱い金色のかけらは、シャワーのように地球上に降ってきた。そのひとつが、この手の中のすべすべした冷たい小石なのだ。

「そんなことを、みんなに話せたらなあ」エリザベスはアップルジュースを飲みながら、壁《かべ》のズィーに話しかけた。

前の学校なら、そんなことも恥《は》ずかしがらずにいえた。父親だって、真剣《しんけん》な顔でうなずいて聞いてくれた。

「エリザベスらしいね」みんなから、よくそういわれたものだ。

だが、この学校はちがう。スチュアート先生が、大昔に倒《たお》れた木の炭化したかけらを見せながら熱心に説明しているときでさえ、生徒たちは顔をそむけて聞きもしない。

エリザベスは自分が無視されているようで、胸が痛んだ。

そんなことを思いだしながら、エリザベスはズィーの顔を見つめていた。ズィーの両手はかくされている。そして、その理由を、今はもう知っているのだ。

昨夜、エリザベスは、リビーの小さな書斎《しょさい》に入っていった。

リビーは、ドアに背を向けて机に向かい、大判のノートを読みふけっていた。声をかけたエリザベスに、リビーは顔を上げて、少しだけノートを見せた。

「わたしの研究のひとつ。毎日やってるの。週末もたいていね。バクテリアの研究。どういう条件で生きのびて、どんな場合に死ぬかってこと」

エリザベスはうなずいて、向かいのソファーに腰《こし》をおろした。それから、身を乗りだしてリビーに聞いた。

「わたし、ズィーのことを知りたいの」

リビーはノートを机に置いた。

「ズィーについてわかってるのは、ほんの断片的なことよ。ずいぶん昔のことだから」リビーはちょっとためらってから、つづけた。「両手にひどいやけどを負ったこととか……」

エリザベスは息をのんだまま、耳をかたむけた。

「ズィーの家は火をつけられて、完全に焼きつくされたの。跡《あと》には、土台の石しか残らなかった。ズィーの母親は……」リビーはことばを切って、頭をふった。

「焼け死んだの？」のどがしめつけられるようで、ちゃんと声が出ない。

「いいえ、殺されたの。おそらく、同じ谷に住んでいた王党派がやったか、インディアンか。今では、だれにもわからないわ」

リビーの目がうるんでいる。ズィーの身に起こったことを、自分のことのように思っているのだ。

エリザベスにも見えるようだ。炎《ほのお》はメラメラと高く燃え上がり、たちまち家全体を焼きつくし、やがて赤いおき火となっていく。

ズィーはどんなに恐《おそ》ろしかっただろう。やけども、さぞ痛かっただろうに。それに、火の中からどうやって逃《に》げたんだろう？

だけど、父親は？　父親が火をたたき消そうとはしなかったの？　やけどの手当てをしてはくれなかったんだろうか？

それとも、ズィーはそのとき、ひとりっきりだった？

エリザベスは、ある夜のことを思いだした。たしか、四歳《さい》か五歳《さい》のころだ。二階の寝室《しんしつ》にひとりで寝《ね》ていた。父親は地下室で彫刻《ちょうこく》にとりくんでいた。とても変わった抽象的《ちゅうしょうてき》な作品で、見ても何を彫《ほ》ったんだかわからないような代物だった。

とにかく、そのとき、エリザベスは何か物音がしたのを聞いた。つづいて、また。何かが階段をのぼってきてる？　そしたら、三段目はきっときしむはず。とっさに毛布をつかむと、そうっとベッドからおりた。そして、しのび足で洋服ダンスに近づきドアをあけ、中に閉じこもった。

でも、実際には、何もやってきはしなかった。そのあと、父親が二階に上がってきたが、その足音があんまり大きいので、これはたしかに本物だと思ったものだ。

その父親は、今、何千キロメートルのかなたにいる。

両手にひどいやけどを負ったズィー……。

エリザベスはズィーの絵を見つめながら、自分にいいきかせた。

二百年以上も昔のことなのよ。ズィーのことは、あまり考えないほうがいいんじゃない?

何かほかのことを考えようよ。なんでもいいから、ほかのことを。

そう思いながらも、ついズィーの頭巾《ずきん》に目が行ってしまう。ひだのついた頭巾《ずきん》をグッと深く頭にかぶせているが、髪《かみ》は頭巾《ずきん》の下から四方八方にはみだしている。

自分はどうだろう? 少なくとも、髪《かみ》は毎朝洗っている。それに、リンスは二度するし、コンディショナーだって、ジェルの整髪料《せいはつりょう》だってつけている。

ズィーのころみたいに、よごれた髪《かみ》を頭巾《ずきん》でかくす必要はない。

昨晩リビーから聞いたところでは、石けんとバケツ一杯《いっぱい》の水で洗髪《せんぱつ》することさえ、ズィーの時代は、何か月かに一度だったという。

しかも、当時の石けんというのは、灰に熱湯をかけて、動物の脂《あぶら》とまぜて作っていたというではないか。

エリザベスは、すべすべした自分の髪《かみ》の毛をひとすじすくって、指にからませた。

きのう、スチュアート先生が宿題をだした。昔のものを何か持ってくること。人の手によるもので、できるだけ古いものをさがしてくるようにと。

エリザベスは、あらためてズィーの絵を見た。これが古いものであることは、だれにだってひと目でわかる。

どこかのおじいさんのリンボクの杖《つえ》とか、お母さんの嫁入《よめい》り道具のろうそく立てなどは、くらべものにならないほど古い。

リビーにたのんでみようか。この絵を学校に持っていきたいと。でも、もし、だめだといわれたら？

そうよ、だめといわれるに決まっている。

リビーは首をふるだろう。めがねの奥《おく》で青い目をパチパチさせながら。

だけど、考えてみれば、リビーは町の反対側の研究室で一日中はたらいているのだ。リビーが家に帰る前に、絵をこの壁《かべ》にかえしておくことができるはずじゃない？

でも、もし、できなかったら？

いや、リビーが帰るのは、いつもかなり遅《おそ》い。そんなことを心配する必要はない。

とにかく、そのころには、ここにきてはじめて、スチュアート先生の歴史の授業で「A」の評価がもらえているはずなのだ。

それに、クラスの子たちも、わたしのことを……、そう、これまでとはちがった目で見るかもしれない。

エリザベスは、壁《かべ》から額縁《がくぶち》ごとズィーの絵をはずすと、急いでリュックの中にしまった。

家の前で、リビーが車の窓から顔をだし、エリザベスを呼んだ。

「乗っていく？」

エリザベスは、玄関《げんかん》の窓から外を見た。

きょうは暖かい。リンゴの木も真っ白い花におおわれ、花嫁《はなよめ》がベールをかぶったよう。ときおり風に吹《ふ》かれてハラハラと地面に落ちる花びらは、まるでウェディングドレスの長いすそのようだ。

「エリザベス」リビーがまた呼んだ。

エリザベスは首をふった。

できない。リュックにズィーの絵をかくしもったまま、リビーの車に乗るなんて。

それに、顔や目を見られたら、きっとリビーに勘《かん》づかれる。わたしが何かよからぬことをやらかしていると。

エリザベスは玄関《げんかん》の中からこたえた。

「きょうは、歩くわ」

7 パッチン家

あたしは川のほとりまでおりていき、洗濯《せんたく》したばかりの頭巾《ずきん》をぬらさないよう気をつけながら、冷たい川の水で顔を洗った。

気がせいた。ひとりでこんなところにいること、母さんは絶対ゆるさないだろう。

「ここの川は、ヨーロッパのライン川よりはずっと小さいけど、いろいろと怖《こわ》いことがあるからね。病気、イロコイ族、どろぼう、密猟《みつりょう》、それに……」母さんの話は、いつもそこで終わる。

それって、幽霊《ゆうれい》のこと？　それともイギリス人？　あたしには、母さんがどっちのことをいいたいのかわからない。

なぜだろう？　あたしはどうしても、川にひきよせられる。ジェラードじいさんが、ビッグ・フィッシュ・ウォーターと呼ぶこの川に。

ひげの生えたナマズが川底の砂をかすかに巻き上げて泳ぐすがたや、カワカマスやバスが水面近くを音もなく泳ぎまわるのを、見たくてたまらなくなるのだ。

ときどき、岩の上で甲羅干《こうらぼ》しをしているカメを見つけて、そうっと近づいていくけど、つかまえる直前にいつも水の中に逃《に》げられてしまう。

寒さに思わず身ぶるいがきた。昼になれば暖かくなりそうだが、両手にくんだ水は氷のように冷たい。

ジェラードじいさんならいうだろう。

「マスをとるのに、絶好の日よりだ」

でも、ぐずぐずしちゃいられない。アミーのお母さん、パッチンおばさんのところへおつかいにいく途中《とちゅう》なのだ。父さんには内緒《ないしょ》で。

おばさんは、飼っている番犬そっくりの顔で、いつもまったく無愛想だ。

でも、きょうは、おばさんの石けん作りを手伝わなくちゃならない。そうすれば、できた石けんをひとかたまり切りとって、持たせてくれるはずだから。

「こうでもしないと、もう、うちには石けんがないからね」母さんが頭をふりふり、そういった。

あたしのせいだ。

あたしがドアをあけっぱなしにしたから、石けんにするためにとっておいた灰が、風に吹《ふ》きとばされてしまったし、あたしがバケツをけとばしたばっかりに、だいじな原料の脂《あぶら》がこぼれて、泥《どろ》や鶏《にわとり》のフンにまみれてしまったのだから。

もう一度川の水をすくって、顔にかけた。それから、川面が静まるのを待って、自分の顔をうつした。

目は、曇《くも》り日の川の色。鼻は小さくて丸い。頬《ほお》には、マスの斑点《はんてん》みたいなソバカスがいっぱいだ。

「おはよう、ズィー」とあたしは自分の顔にあいさつした。

川面から、ズィーがほほえみかえす。

知ってる。アイザック・パッチンは、あたしのこの顔が好き。

川面をたたくと、顔はクシャクシャになって消えた。

今は、石けん。母さんに持ち帰る石けんだ。そして、父さんには、その石けんが王党派の家からきたことを知られないようにしなくちゃならないのだ。

パッチン家の農場に行くのはなんでもない。一度パッチンのおばさんが、あたしの頬《ほお》をひっぱたいたことがあっても。

あれはたしか、あたしがパッチン家の豚小屋《ぶたごや》のとびらをあけっぱなしにしたせいで、雄《おす》豚《ぶた》が逃《に》げだしてしまったときだった。

あたしは、水でふやけてシワシワになった指をスカートでこすりながら、川の土手をのぼり、母さんが持たせてくれたかたいパンをとりだした。

道のりは長い。でも、それはちっとも苦にならない。殻《から》から熟《う》れた木の実をほじりだすように、あたしはつぎつぎに考えごとを頭の中からとりだした。

時間はたっぷりある。まず、隣人《りんじん》の中でだれが王党派かを考えることにしよう。

ミラーとジュリアンは、もちろん王党派じゃない。ふたりはジョンといっしょに北のほうへ行ったんだから。

ジェラードじいさんも、ちがうな。戦いなんてものは生まれる前からやめてるって、前に話していた。

ひとり暮らしのエディさんも絶対ちがう。顔は、さざ波のたった川面のようにしわだらけだし、くちびるがいつもブルブルふるえているほどの年寄りだ。

じゃあ、ウィリアムさん一家は？　山はだにしがみつくように立っている家は、今にもすべりおちそうだ。ほかにも、グレゴリーさんちはどうだろう？　あまりよそとつきあわない家族だけど。

それに、となりの谷間にも、まだなん軒《げん》か家族が住んでいる。川辺にテントを張って暮らしている人たちもいる。

あたしは、トウモロコシ畑の中の近道をとった。

頭の上で、タカがするどく鳴いた。目の前を一匹の野ウサギがジグザグに逃《に》げていく。かわいそうに、この畑の中にはどこにも身をかくす場所がない。

かわいそう？　われながら、あきれる。母さんがウサギの肉のシチューを作ったときは、真っ先に自分の皿につぎわけて、最後のひとしずくまでなめつくすくせに。

それでも、このウサギは見ていられないほどおびえきっている。長い耳をぴったりとうしろにつけ、まるで地中にもぐりこもうとでもするように体を低くしたまま、必死になって走っている。

あたしは両手を大きくふりまわし、叫《さけ》び声を上げてタカを追い払《はら》おうとした。

タカが急降下する。同時に、ウサギが岩かげにとびこんだ。

よかった、間に合った！

でも、あたしのほうは、ウサギをつかまえそこなった腹ペコのタカと同じくらい、ついてない。何かにつまずいて、顔をしたたか地面に打ちつけてしまった。小石で頬《ほお》がすりむけ、袖《そで》が裂《さ》けた。

そのとき、ふたたび、タカが岩に向かって急降下した。

ねらったのは、一匹《いっぴき》のヘビだった。林の上をとびさるタカのくちばしから、ロープのようにヘビがダラリとぶらさがっている。

あたしはその場にすわりこんで、ひじをなで、ななめになった頭巾《ずきん》をきちんとかぶりなおした。

そうっと、頬《ほお》をさわってみる。パッチンさんに、こんな顔で会わなきゃならないなんて。

向こうの差《さ》し掛《か》けの小屋から、ジェラードじいさんが出てきた。小屋の上に枝を広げている大きな木の幹を背に、手をかざしてこちらを見ている。

「ズィーかい？」

あたしはよろよろしながら、そちらにかけていった。

あたしたちは、すべすべした大きな石に並んで腰《こし》をおろした。あたしはまだ息をはずませ、ジェラードじいさんは、なめし皮のようなはだの顔を太陽に向けて。

上を見れば、クルミの木。じいさんの目は、秋になるとその木に鈴《すず》なりになるクルミの実そっくりの色だ。

孫のエラムが小屋から出てきた。

丘《おか》の地はだにさしかけて作られた小屋には、間に合わせながら、ドアもついている。

あたしたち三人は、岩に並んですわり、さびしげな山バトの鳴き声を聞いていた。

ハッと気がつくと、太陽が高くなっている。

どのくらいここにこうしていたんだろう？　ほんの数分だという気がするけど、もっとずっと長かったにちがいない。

あたしはあわてて立ち上がった。

「行かなきゃ」

スカートのほこりを払《はら》って、すぐにかけだした。森に入ると、小石や枯《か》れ枝《えだ》がはだしの足裏に痛かった。

パッチン家の柵《さく》の前までやってきたとき、とうとう息が切れて立ち止まった。

かがんで両手をひざに当て、肩《かた》で大きく息をしながら少し休んだ。それから、頭巾《ずきん》をきちんとかぶりなおし、足をこすりあわせて泥《どろ》を落とし、肩《かた》のショールをかけなおした。

パッチン家の家は、うちの家より大きく、がんじょうに作られている。窓だって、うちみたいな油紙じゃなく、なんとガラスがはめられている！

そう。アミーの家はお金持ち。

おばさんは、炉《ろ》のそばの棚《たな》の一番上に、金貨だってかくしている。あのときは、すぐに下を向いて、見たことを知られないようにしたけど、おばさんがかくすのをあたしはたしかに見たのだ。

ドアは、内側に大きくあいていた。

見れば、ドアには小さな紙切れがナイフでつきさしてある。何か書かれているが、あたしには読めない文字ばかりだ。でも、ジョンがパッチン家に警告するといっていたから、きっとそれなのだろう。

あたしは戸口から首をつっこんだ。

「ズィーだけど！」

中の暗がりに目がなれてくると、パッチンのおばさんがとてもだいじにしていた古いイスが、ひっくりかえっているのが見えた。

床《ゆか》に、茶色い小鳥がうずくまっているように見えるのは、おばさんのつむいだ茶色い毛糸の束だ。

中に入った。

炉《ろ》に火はなく、灰は冷たくなっている。急いで例の棚《たな》をさぐってみたが、金貨はなかった。

テーブルには木の皿がいくつも、それぞれに食べ物が残ったまま、置きっぱなしになっている。

どういうこと？　あのパッチンさんがこんなことをするなんて。いつもお皿はきれいにふきとられて、棚《たな》にしまわれていたのに。

それに、ベッドの上のキルトもみんななくなっているし、フックにかけられていた脚《あし》つきのフライパンも見あたらない。

あたしはわけがわからなくて、考えこんだ。

これは、いったいどういうことだろう？

パッチン家が消えちゃった。

8　遺物

クラスのみんなが、エリザベスのまわりに集まってきた。スチュアート先生も。

「いったい、この絵は、どれくらい前のだろう？」先生は、しきりにそれを知りたがっている。額縁《がくぶち》を指でたどりながら、ガラスをそっとたたいてみたりしている。「この頭巾《ずきん》は……」先生はほとんどひとりごとのようにつぶやいた。「ひょっとすると、十八世紀のものかもしれないぞ」

「独立戦争のころのです」とエリザベスはいった。

生徒たちがいっせいにエリザベスを見る。

カレンが絵を指さした。

「この子、ちょっと似てない？　その……」

エリザベスは自分の顔に手をやった。

「わたしに、でしょ?」

「すっごく似てる」とアニーがいって、エリザベスにはじめてほほえみかけた。

エリザベスはほほえみかえして、ズィーの絵に目をもどした。

ズィーのかぶっている頭巾《ずきん》、頬《ほお》に垂れかかったふんわりした長い髪《かみ》、肩《かた》をおおって胸の上で交差して結ばれているショール、そのどれひとつ、エリザベスと同じものはない。

エリザベスの髪《かみ》はカラーですじを入れた直毛だし、服はフードのついたパーカーとジーンズだ。

ただし、ひとつだけ同じ点がある。

どんなに髪《かみ》にクシを入れようと、新しいセーターを着ようと、結局、なぜかとんでもなくみだれたかっこうになってしまうのだ。ズィーと同じで。

それを思うと、エリザベスは、額縁《がくぶち》の中の二百年前のズィーを抱《だ》きしめたくなってしまう。

スチュアート先生は、まだ顔をあげない。ズィーの絵から目をそらすことができないらしい。

「みんな、見てごらん、このガラス、平らじゃない。表面がほんの少し波打っているだろう?」

先生はやっと顔をあげて、エリザベスを見た。

「きみの先祖のだれかが、絵を額に入れたんだ。おそらく百年くらい前だろう。この絵を無事、後世に残すためにね。つぎにこれをあずかるのは、きみかもしれない、エリザベス」

先生のほほえみは温かく、エリザベスをはげました。

「この子、火事にあったんです」とエリザベスはゆっくりといった。

もっとよく見ようと、みんなが首をのばした。

ズィーの顔にも服にも、火事の痕跡《こんせき》なんかないぞ、という顔をして。

「やけどしたのは、手です」とエリザベスは自分の両手をさしあげた。「ひふはひきつって、爪《つめ》もかたくなって、何週間もなんにもさわれないし、何も持つことができなくて……」胸が詰《つ》まって、それ以上つづけることができなかった。

「すばらしい遺品だ。ありがとう、貴重なものを持ってきてくれて」とスチュアート先生がいった。

アニーが軽くガラスをたたいた。

「ガラスをとったら、もっとよく見えるんじゃない？」

エリザベスはギョッとしてアニーを見た。

もし、スチュアート先生が「そうしよう」といったら、どうしよう？　そして、ズィーの絵を元どおりもどせなくなったら？

エリザベスが首をふると同時に、先生があわてて口をはさんだ。

「それはできない。このガラスが絵を保護してるんだからね」先生はそういって、そうっと包むように額を持ち上げた。「わかるだろう？　多くの遺物が、こうやってだいじにされなかったせいで、失われてしまったんだよ」

「ごめんね」とアニーがそっとエリザベスの肩《かた》に手をかけた。「ねえ、きょうのお昼は、わたしやメリーといっしょに食べない？」

「いいわよ」エリザベスがこたえると、アニーは自分が持ってきた箱をあけた。

「母さんの結婚式《けっこんしき》のときの手袋《てぶくろ》を持ってきたんだけどさ」箱の中から、手袋《てぶくろ》を引っぱりだして、プラプラとふってみせた。「これって、たったの十五年前のものなんだよね」

授業の終わりの鐘《かね》が鳴った。

自分のロッカーへもどる途中《とちゅう》、エリザベスは階段横の窓から空を見た。一羽の鳥が、軽やかに木から木へととびうつっている。コマドリだろうか？

エリザベスは、ズィーの絵を抱《だ》いたまま階段をおりていった。お昼をクラスの女の子といっしょに食べられるのも、このズィーのおかげだ。

この学校は、各自にロッカーがあたえられていて、エリザベスは、それが気に入っていた。前の学校では、教科書やコートは廊下《ろうか》の棚《たな》に積まれていて、ときどき、無造作に積み上げられた本や弁当箱がなだれを起こしたものだ。

エリザベスは、ロッカーのダイヤル式のかぎをまわした。左へ20、14、2、それから右へひとまわし。ところが、片手でつまみを引いても、ドアがあかない。

もう一度強く引いたそのときだ。ズィーの絵がエリザベスの腕《うで》からすべりおちた。

きゃしゃな額縁《がくぶち》は、床《ゆか》に当たったとたんに折れ、粉々にくだけたガラスがエリザベスの足元にとびちった。

そばにいた生徒たちが、口をあけたまま立ちつくしている。エリザベスは一瞬《いっしゅん》、目の前が暗くなった。

急いで床《ゆか》にひざをつき、羊皮紙に描《えが》かれたズィーの絵を拾い上げる。

ひざにするどい痛みが走った。ガラスの破片がつきささったのだ。

ズィーの絵を親指と人さし指でそうっとつまみあげ、こわごわとのぞく。

ああ、どうか、どうか……。

よかった！　無事だ！

エリザベスの目の前で、ズィーが見かえしている。ガラスと額縁《がくぶち》から解放されたズィーは、突然《とつぜん》くっきりとして、まるで生きているようだ。

「だいじょうぶ？」生徒のひとりが、心配そうにエリザベスに声をかけた。

エリザベスは、見上げてうなずいたが、そのとたん、父親の顔が浮《う》かんできて、気が重くなった。

そうだ、リビーだって……。

リビーの怒《おこ》る顔は、まだ見たことがない。リビーはいつもおだやかで、ほほえむことはあっても、声をたててわらうことはめったにない。話しかたも、いつもゆっくりと静かだ。でも、きっと別の面もあるはず。

ズィーがこんなことになったのを見たら、リビーだって怒《いか》り狂《くる》うんじゃないかしら。もしかしたら、追いだされるかも……。

もしそうなったら、どうしよう？　ヒッチハイクで帰る？　だれもいないミドルタウンの家まで。窓を割って中に入って、パパが帰ってくるまでひとりで暮らす？

エリザベスは、そのまま力なく壁《かべ》にもたれた。ジーンズのひざに赤いしみが広がっていく。

「うごかないで。先生を呼んでくるから」とアニーがいった。

エリザベスは、いわれるまま、そこにすわって考えていた。

リビーになんていいわけすればいいんだろう？

こわれた額縁《がくぶち》とガラスの破片を、管理人のおじさんが、ほうきできれいに片づけていった。百年も前、だれかが、ズィーの絵を後世に残すために入れてくれた額だったのに……。

エリザベスは、ひざの上にのせたズィーの絵を、ふと裏がえしてみた。

羊皮紙の裏に、何本かふぞろいな線が描《えが》かれている。

ひとつの隅《すみ》に、三つの三角が描《えが》かれ、真ん中の三角は、ほかのふたつより大きい。その少し上のほうに、カーブして交わった線がある。

これはいったいなんだろう？　どういう意味だろう？

スチュアート先生がやってきて、エリザベスの手を引いて起こしてくれた。先生は、ズィーの絵を包むのを手伝ってくれたが、その間じゅう、エリザベスが考えていたのはリビーのことだった。

リビーになんといおう？

リビーはなんというだろう？

9　アミー

あたしは、空っぽのパッチン家を出ると、川に沿って帰りはじめた。足音をたてないように、岸辺の泥《どろ》の中をそっと歩いた。川につきでた枯《か》れ木の上から魚をねらっているカワセミや、柳《やなぎ》の枝の間を鳴き交わしながら軽々ととびまわっている紫色《むらさきいろ》のフィンチを、おどかしたくなかったから。

でも、あたし、なんでこんなときに鳥なんかながめてるんだろう？　帰ったとき母さんにいうことばでも、考えたほうがいいんじゃない？　石けんをもらわずに帰ったら、母さんはさぞがっかりするだろうから。

突然《とつぜん》、カワセミがとびさった。気がつけば、フィンチの鳴き声も聞こえない。

これは、ジェラードじいさんが目の前に立ちふさがって、だれかくるぞ、と警告しているようなものだ。

そのだれかは、小枝を踏《ふ》みしだき、小石をけとばし、自分の足音なんかまったくおかまいなしに近づいてくる。

こんな昼日中から幽霊《ゆうれい》のはずがないとは思ったが、念のために木のうしろにかくれ、息をひそめた。

荒《あら》い息づかいが近づいてきて、人影《ひとかげ》がよろめきながら目の前を通りすぎた。

「アミー！」

あたしの大声に、アミーがギョッとした顔でふりむいた。

「あんたで、よかった」アミーがやっと口を開いて、あたしに倒《たお》れかかるように手をのばした。

スカートのすそはぬれているし、袖《そで》は泥《どて》だらけ。頭巾《ずきん》のふちからは、みだれた髪《かみ》の毛がはみだしている。

あたしはとまどいながら、アミーの頬《ほお》についた泥《どろ》を手でぬぐった。

「ズィー、あんたをさがしにきたのよ。でも、もう時間がない。父さんはもう先に行ってるの。母さんはエディさんの小屋に何か取りに立ちよってる」

「遅《おく》れちゃったんだよ、今朝は」あたしは、何がなんだかわからないまま、きいた。「それで、石けんはいつ作るの？」

「ズィー！」血の気の失せたアミーの顔色は、古くなった牛乳みたいだ。「あんたに知らせるために走ってきたのよ。あんたたち、すぐに逃《に》げなきゃだめ。でないと、やられるわ」

あたしは必死で考えた。いったいアミーはなんのことをいってるんだろう？

「王党派がどんどん集まってるのよ。一気にこの反乱にカタをつけようとね」そういうと、アミーはあたしのあごの先を人指し指で持ち上げた。「そして、あんたの家族は……」

「あたしたちは、アメリカ人」あたしはゆっくりといった。ジョンから何度も聞かされたことばを。「そして、ここは、あたしたちの国」

「ちがう。わたしたちはイギリス国王の土地にいるのよ。そして、それをみとめない者は、すぐに……」アミーはちょっととどまった。「ジョンと仲間が、王党派のドアに恐ろしい警告を残したの。国王に忠誠を誓《ちか》う者は、絶対だまっちゃいないわ」

あたしは、ただおどろいてアミーを見つめていた。アミーの顔つきは荒《あら》々しく、目つきも狂気《きょうき》じみている。

「王党派は強いわ。イロコイ族もこちらがわについたのよ」

あたしの手がひとりでにふるえだした。あごもカクカクふるえている。

「ズィー、父は戦う気はないの。だから、わたしたち、タイコンデローガまで行って、そこからカナダに行くつもり。ひどい旅になると思う。でも、あっちへ渡《わた》れば安全だから。こんな争いから離《はな》れられるもの」息をついだアミーのあごも、ガクガクふるえている。いてもたってもいられないというふうに、片手をふりまわした。「あんたのお父さんに伝えて！　一刻も早く安全なところに逃《に》げるようにって」

それから、あたしを軽く押《お》しやり、まわれ右すると、川岸の水をバシャバシャけたてて走り去った。

その場に立ちつくしたまま、どのくらいたったんだろう？　気がつくと、あたりに鳥がまたさえずりだし、さっきのカワセミも枯《か》れ枝《えだ》にもどっている。

あたしは、川岸から土手をのぼると、レナペ族だけが知る林の中の道を走りだした。必死に走って、ジェラードじいさんの畑のふちにきてはじめて、立ち止まって息をついだ。

畑の向こうの端《はし》に、じいさんが立っていた。じいさんが手をふったので、あたしも手を上げたが、すぐにまたかけだし、畑を横切って家へ向かった。

途中《とちゅう》で岩に登って、父さんをさがしたが、すがたが見えないので、家にかけこんだ。戸口で日なたぼっこしていた猫《ねこ》のルーシーを、あやうく踏《ふ》むところだった。

家の中にじっと立っていた母さんが、あたしが話しだすと同時に、頭をふっていった。

「ズィー、あなたの話はあとにして、まず、わたしのいうことを聞いてちょうだい。たいせつなことを話さなくちゃならないの」母さんの目に涙《なみだ》がいっぱいたまっている。「お父さんがね、北のトライオン地区に出発なさったの。ハーキマー将軍といっしょに戦うために」

また、この名前だ。ハーキマー。

「ハーキマー将軍のお父さまは、わたしたちの住んでいたヨーロッパの町の近くの出身なの。お父さんは、これ以上待てない、ここでじっとしているわけにはいかない、自分も戦わねばとおっしゃって……。もし、わたしたちが勝たなければ、すべてのものを失う。家も土地も、そして、おそらく……」

母さんはそれっきりプッツリことばを切った。縫《ぬ》い糸を歯でプツンと噛《か》み切るように。

「わたしたち、ここでずっといっしょに暮らしてきたのに……。考えらない、あの人のいない家なんて」そういいながら、母さんはテーブルに手をやった。「どこにいるのかもわからないなんて耐《た》えられないっていったら、これを残してくれたわ」

テーブルの上に羊皮紙が一枚のっていた。クルミから作ったインクで地図が描《えが》かれている。父さんとジョンのいるところへつづく道。ハーキマー将軍への道。

「ズィー、これを持っておきなさい。これをお父さんだと思って。わたしは、もう頭と心に刻みつけたから」

あたしはそっと地図をとると、もう一度見てから、ショールの下にしっかりとたくしこんだ。

炉《ろ》の前のイスにすわって、これまでのことをつなぎあわせようと、一生懸命《いっしょうけんめい》考えた。そして、とうとう母さんに打ち明けた。

「さっきアミーがおしえてくれたの。王党派があたしたちをつかまえにくるって。あたしたちをやっつけにくるって」

母さんは何もいわない。

「イロコイ族も王党派に加わったって」

サッと母さんの顔色が変わった。でも、話しだした声は静かだった。

「そして、イギリスの正規軍も近づいているっていうんでしょう。でも、わたしたちは今までどおりに暮らすのよ。それ以外、できることはないわ」

そして、あたしと母さんはそうした。染色し終わった毛糸をひざに置き、あたしはくつ下を編みはじめた。表編み、裏編み、表編み……。

ひとつ編み目をぬかしたので、ポロポロと何段もほどけてしまった。

母さんは、チーズを作るための平鍋《ひらなべ》を準備した。それから、あたしたちは、まだ青いキイチゴとパンの夕食をとった。

空がだんだん暗くなり、夜になった。

聞こえるのは、パチパチと炉《ろ》で薪《まき》の燃える音だけ。

あたしと母さんは、その音に耳をすました。

何かを待ちうけるように。

10　リビーの告白

まるで針のむしろだ。

いったいリビーになんていえばいいんだろう？

エリザベスは、包んだズィーの絵をわきに抱《かか》え、とぼとぼと学校から家へ向かっていた。

以前父親が読んでくれた小説の冒頭《ぼうとう》を思いだす。

「それは、もっともよき時代であるとともに、もっとも悪しき時代であった」

まるできょうのことみたい。

学校では、あのあと、アミーとふたりの女の子が保健室までついてきてくれた。そして、保健の先生がエリザベスのひざに救急絆創膏《ばんそうこう》を貼《は》りつけるのを、真剣《しんけん》な顔で見守ってくれた。

昼食の時間には、アミーがエリザベスのために、カフェテリアの席をちゃんととっておいてくれた。一週間前、いや、三日前でさえ、ここでこんな友だちができるなんて夢にも思わなかったのに。

今は、そのもっともよき時から、もっとも悪しき時へと歩んでいるわけだ。

リビーの家に帰ったら、食卓《しょくたく》にズィーの絵を置いて、そのまま家を出ようか。ほんのいくつかのものだけ持って。ダッフルバッグ二個じゃ重すぎるから。

そして、通りのすぐ先にある高速道路の入口に立って親指をさしあげ、ミドルタウンまで乗せてくれる車を待つ。

いや、いや、危なすぎる。やっぱり、それはできない。

じゃあ、ミドルタウンまで歩いて帰る？　いったい何キロメートルくらいあるんだろう？

エリザベスは父親のことを考えた。父親がオーストラリアからメールをくれたが、一度もかえさなかった。電話がかかってきても、ほとんどしゃべりもしなかった。

ああ、もしパパがオーストラリアなんかに行かず、あのまま家で生活してたら、こんなひどいことにならずにすんだのに！

自分でも気づかないうちに、道端《みちばた》のカエデの木の下に長い間立ち止まっていたようだ。そばの家の窓から、女の人がこっそりこちらをのぞいている。

エリザベスは走りだした。背中でリュックがはずんだ。最後のかどを曲がって、リビーの家の通りに足を踏《ふ》み入れたとたん、その場に立ちつくした。

家の前に、リビーの青い車が止まっている！　どうしよう？　リビーがもう帰ってる！

のろのろと玄関《げんかん》まで歩いていき、かぎをとりだして中に入った。

リビーは台所？　居間？

家の中はシーンとしている。台所の蛇口《じゃぐち》からポタッと水の垂れる音がした。

ズィーの絵を、包みのまま食卓《しょくたく》に置いた。それから、二階の寝室《しんしつ》へと階段をのぼっていって、窓辺の大きなイスにドサッと体を投げた。

クッションに背中を押《お》しつけながら、エリザベスは思った。

ああ、永久にここにこうしていられたら！

ベッドのキルトに目をやって、パッチワークの緑色の家を見つめた。この緑色の家はわたしの家。わたしはそのポーチにすわって、分厚い本を読んでいるところだ。家の中では、パパが木の小鳥を彫《ほ》っている。ふたりとも、オーストラリアなんて国、考えたこともなく……。

ふと、窓の外で何かがうごくのが目に入った。窓のほうへ首をのばすと、裏庭の隅《すみ》に枯《か》れ枝《えだ》が積まれているのが見えた。

リビーが、なんだかやけっぱちの様相で庭を掃《は》いている。麦わら帽子《ぼうし》の広いつばの下で、顔が真っ赤だ。

玄関《げんかん》の壁《かべ》に気づいたんだろうか？　ズィーの絵がなくなっていることに。

エリザベスは、またイスの上で丸くなった。

リビーが上を向いたら、気づかれてしまう。なんていおう？　何がいえるだろう？　そもそも、なんでズィーの絵を持っていくなんてこと、しでかしちゃったんだろう？

「やる前に、少しは考えられないのか！」パパなら、絶対そういうに決まってる。

ふいに、リビーが顔を上げた。なんだか心配そうな目をしている。いや、悲しげな？

見られたな。エリザベスは観念して手を上げ、小さくふった。

リビーが麦わら帽子《ぼうし》を押《お》しあげ、エリザベスにおりてくるよう手招きしている。

しかたなく階段まで行ったが、立ち止まって、寝室《しんしつ》をふりかえった。

ああ、時間を巻きもどすことができたら！　はじめてこの家にきた日に、このすてきな寝室《しんしつ》をはじめて目にしたときに、キルトの中のゆがんだ小さな家をはじめて見た瞬間《しゅんかん》に、もどることができたら。

のろのろと階段をおりていき、台所を通りしなに、蛇口《じゃぐち》を閉めなおした。

リビーにどう説明すればいいんだろう？

ところが、その説明を試みるどころか、エリザベスがひとことも口をきかないうちに、リビーがいった。

「今ね、冬の間の枯《か》れ木を片づけてるの。手伝ってくれる？」

ふたりは、落ちている木の枝を裏のフェンスのところまで引きずっていき、荒《あら》い息をしながら積み重ねた。

「エリザベス……」リビーが口を開きかけ、また口をつぐんだ。

エリザベスは目をそらし、早口で話しはじめた。自分にも聞こえるか聞こえないほどの小さい声しか出なかった。

「ごめんなさい。わたしがズィーの絵をとっていったの。ガラスも額縁《がくぶち》もこわして、めちゃくちゃにしちゃったの」

「お父さんから電話があってね」まるでエリザベスの話なんかまったく耳に入らなかったように、リビーがいった。

どういうこと？　とっくに絵がなくなったことに気づいて、パパに電話をかけたの？　そして、パパが何かいってきた？

リビーが、またいそいでつづけた。

「わたしって、ひとり暮らしがあんまり長かったものだから……」

「あの絵、持ってったりしちゃいけなかったの」

涙《なみだ》があふれてきて、よく見えなかったが、めがねの向こうのリビーの目は、やさしかった。

リビーの手が、エリザベスの頬《ほお》にふれた。それから、やさしく髪《かみ》をなでた。

「おねがい、泣かないで」

これじゃ、まるでリビーのほうがあやまってるみたいだ。

母親がいるって、こういうこと？

ああ、もし何もかもやりなおせて、うんとできのいい子になれたら！　リビーが、「こんないい子、手ばなしたくない」って思ってくれるような。

リビーが話をつづけた。

「あなたをあずかるのって、わたしにはたいへんなことだったの。いつもみたいに、夕食のとき本を読むこともできないし、何か話さなきゃならないし、へたくそな料理もしなきゃならないし……」

「そんなにへたじゃないわよ」とエリザベスはとっさにいったが、たしかにリビーの料理は最悪だ。

でも、もうそれもどうでもいいことだ。リビーの口からつぎに出てくることばはわかっている。もう、ここには置いておけない。そういいたいのだ。

リビーが話しだしたのは、まさにそのとおりのことだった。

「お父さんの帰りが早くなったの。ちょうど一時間前に電話があってね。オーストラリアでの仕事がもう終わったんですって。作品は全部売れて、失敗作まで売れてしまったそうよ」リビーはことばを切り、思い切ったようすでまたつづけた。「お父さん、月曜日に、あなたを迎《むか》えにくるんですって」

エリザベスはあらためて考えた。

リビーの家を出ていく。

それは、ズィーの絵からも別れるということだ。

居間のチェスのセットが頭に浮《う》かんだ。リビーとやってみたいと思いながら、あれにはまだ手をふれていない。

学校での昼休みも思いだされた。きょうはじめて、アニーとおたがいのことを話したのだ。

エリザベスは目を落とした。運んできた枯《か》れ枝《えだ》に、チリチリになった枯《か》れ葉《は》がしがみついている。

うしろのカシの木から、キツツキの木をつつく高い音が聞こえた。ナゲキバトが悲しげな声でうたっている。

その合い間に聞こえるのは、何？　リビーが苦しそうにのどを鳴らしているのは、泣くのをこらえてるの？

「わたしがいいたいのはね、エリザベス、あなたがここにきて、わたしの生活が変わったっていうことなの。仕事が終わると、わたしはいそいそと家に帰って、そして……」

ことばをつづける代わりに、リビーは両手をのばし、細い腕《うで》でエリザベスをそっと抱《だ》いた。

パパはもちろんしょっちゅう抱《だ》いてくれる。でも、これはぜんぜんちがう。もっとふんわりとやさしくて、ちょっとぎこちなくて……。だって、リビーはこんなことなれていないから。

ママも、リビーのようにやせていたんだろうか？　抱いてくれたら、こんな感じだった？

でも、もうこれも最後だ。リビーとの新しい暮らしは、終わったのだ。

「あなたのお父さんと議論したの。あなたはここで毎日幸せに暮らしているし、わたしだってそうだっていって。せめてもう少しの間、せめて今学期が終わるまで、ここにあなたを置いといてほしいってたのんだの。でも、お父さんだって、あなたがいなくて、とってもさびしいんですって。あなたが必要だって」

エリザベスはもう大声で泣いていた。息が詰《つ》まるほど、はげしく泣きじゃくっていた。

「あなたとちょうど同じ年齢《ねんれい》のころよ、わたしがズィーにはじめて話しかけたのは」リビーは息をついだ。やはり泣いているのだ。「エリザベス、あなたって、ほんとにお母さんそっくりよ」

リビーの髪《かみ》からシャンプーのほのかな香《かお》りがした。庭の白いフェンスに若葉の緑があざやかだ。

ここをおとずれることさえなければ、こんな悲しみも知らずにすんだのに。

リビーが口を開いた。

「これだけはいえるわね。ズィーが生きてたら、きっとあなたが大好きになる。あの絵のことなんか気にしないで。額縁《がくぶち》もガラスも新しくすればいいことよ。たいしたことじゃないわ」

それから、リビーはまっすぐエリザベスを見ていった。

「そんなことより、あなたがいなくなったら、わたし、いったいどうすればいいのかしら？」

11　逃《に》げて！

そのまま、何日かがすぎ、日ごとに暖かくなった。

あたしと母さんは、じっと息をこらし、何かを待ちうけるように、一日、一日をすごした。

外では、すべてのものが生き生きと活動していた。

戸口の軒《のき》に、ツバメが泥《どろ》で巣を作った。川にはウナギがすがたを現わした。林には、キツツキの木をつつくせわしない音がひびき、夜になると、カエルの大合唱が、大気をふるわせて辺り一帯に鳴りわたった。

そういえば、いつだったか、ミソサザイのヒナが巣から落っこちたことがあった。あたしはヒナをそうっと手の中に入れ、アイザックに抱《かか》え上げてもらって、巣の中で半狂乱《はんきょうらん》になっている母さん鳥にかえしてあげた。

アイザック、今どこにいるの？

ジョンと父さんは？

母さんとたったふたりだけで家にいるのはつらい。ふたりで黙々《もく》と仕事をすませ、心おどる春の中で、ただ目を見張り耳をすませているのは。

あたしは、まわりのひとつひとつのものに目を向けた。

畑のうねで、ぐんぐん育っているトウモロコシの苗《なえ》。母さんがかがんで顔を真っ赤にしながら手入れをしているハーブのしげみ。それから、父さんが自分の手で作り上げたあたしたちの家。そんなものを見ているうちに、ひとつの考えが頭をもたげた。

あたしだって、いっしょにやってきたんじゃない？

小屋が少しでも暖かく心地よくなるよう、丸太のすき間に風を防ぐためのコケや泥《どろ》を詰《つ》めた。毎朝、牛に干し草をやり、乳をしぼった。仔羊《こひつじ》が生まれるのを手伝ったこともある。

この土地はあたしたちのもの。ここの食べ物も、家も、全部あたしたちが作り、築いたものなのだ。国王のものなんかじゃない。

地下の食料貯蔵室のドアを引きあけて、あたしはますます強くそう思った。

階段をおりていくと、棚《たな》には白いチーズのかたまりや、おじいさんの顔みたいにシワシワになったジャガイモのかごが並んでいる。低い天井《てんじょう》からは、乾燥《かんそう》させたタイムやローズマリーなどのハーブの束がぶらさがっている。

そして、足元のたるには、去年の秋収穫《しゅうかく》したリンゴが、しなびてはいるが、たくさん入っていて、あまい香《かお》りでよっぱらいそうだ。

これはみんな、あたしたちのもの。ミラーも前にそういってた。

そんな気持ちが、あたしの中で日に日に育っていく。

夜はもう、屋根裏には寝《ね》なかった。母さんとあたしはいっしょに、炉《ろ》のそばのベッドに横になった。

夜中に何度も目が覚め、そのたびにカエルの声に耳をすました。カエルたちは番兵だ。もし何かがやってきたら、たとえ足音ひとつでも歌声はやむはずだから。

うつらうつらしながら、あたしは川と平底の川船を思い浮《う》かべていた。あたしが四歳《さい》のとき、あたしたちを乗せてここへ運んできた船を。

あたしが生まれる前、父さんと母さんは、ジョンをつれて海をわたり、ヨーロッパのパラティネートからこのアメリカ大陸にやってきた。ライン川の向こう岸までせまっていた戦火をさけて。

そして、この大陸で、父さんたちは農場から農場へとやとわれて働きにはたらき、やっと、今のこの土地に住みつくことができたのだ。

あの日、父さんは船の舳《へ》先《さき》に立って、川面に張った薄《うす》い氷を棹《さお》で割っていた。あたしは船から身を乗りだし、手で氷を押《お》しやって、その下から暗い水が現われるのを見ていた。冷たさに手がしびれる。母さんがあわててあたしのスカートを引っ張り、船の中に引き入れた。

「ズィー、落ちたらどうするの！」

今、その母さんのそばで、あたしはふたたび眠《ねむ》りに落ちた。

恐《おそ》れていたものがやってきたのは、夜が明けはじめたころ。畑にまだ霧《きり》がただよう早朝だった。カエルたちはねむっている。

最初は鶏《とり》小屋だった。

あたしは鶏《とり》小屋へ、トウモロコシの入った手桶《ておけ》をふりふり歩いていた。ふと見ると、小屋から、灰色の煙《けむり》がひとすじ渦巻《うずま》きながらのぼっていく。あたしは足をとめた。

つぎの瞬間《しゅんかん》、鶏《とり》小屋の屋根が吹《ふ》っとんだ。

屋根板のかけらが降ってくる。屋根にあいた穴から、オレンジ色の炎《ほのお》が吹《ふ》きだした。

手桶《ておけ》をほうりだし、あたしは鶏《とり》小屋の入口へと走った。

とびらを結んでいたロープがない。燃えてしまったのだ。

すぐに、とびらのふちに爪《つめ》をかけ、なんとかあけようとした。

早く、中の鶏《にわとり》たちをだしてやらなくては。

鶏《とり》小屋の土台のまわりから、黒い煙《けむり》がモクモクと出てきた。あたしは思わずあとずさった。鶏《にわとり》たちの苦しみを思って、ちぢみあがった。

その場に立ちつくしたまま、煙《けむり》にむせているあたしの耳に、母さんの叫《さけ》び声が聞こえた。

「ズィー！　逃《に》げて！　早く！」

ふりかえると、家が炎《ほのお》に包まれている。

戸口に母さんがいて、まわりに男が何人かいる。夜明けの薄明《うすあ》かりでは、だれなのかわからない。

あたしは、母さんにかけよろうとした。煙《けむり》にむせ、はげしく咳《せ》きこみながら。

母さんが叫《さけ》ぶ。

「逃《に》げなさい！」

男のひとりが、母さんからはなれてあたしのほうへやってきた。あたしはとびあがって、かけだした。

息もつかず、はだしの足でとぶようにかけて、畑の中の岩をとびこし、林のほうへ逃《に》げようとした。タカに追われていたウサギを思いだしながら。

あたしはウサギだ。

男の軽やかな足音が、たしかなリズムでしつこくせまってくる。あたしと同じくらいこの土地を知りぬいてる足だ。

この谷間に住む王党派のひとりだろうか？　それともインディアン？

ふりむきさえすれば、それがだれかはひと目でわかるはずだが、そのわずかな時間も惜《お》しい。

林が近づいてきた。木は密に生えていて、下草は腰丈《こしたけ》までおいしげっている。あたしは中にとびこむと、いつかジェラードじいさんに習ったとおり、大きな木の幹の荒《あら》い樹皮にぴったりと背中を押《お》しつけた。

動くな。咳《せき》ひとつしてはだめ。

よかった！　追っ手は、だれだかわからないまま通りすぎていった。手をのばせばさわれるほど、すぐそばを。

ようやく大きく息をつき、かがんで鼓動《こどう》がおさまるのを待った。でも、これからどうすればいいの？

ジェラードじいさん……、そう、ジェラードじいさんならおしえてくれる。

やがて陽がのぼり、木の間からチラチラと日光が射しはじめた。あたしは、ジェラードじいさんの差《さ》し掛《か》けの小屋のほうへ歩きだした。いつもの道から離《はな》れた道なき道を。声をかけなくても、じいさんにはあたしがくるのがわかる。どんなに足音をしのばせようと。

あたしは、ジェラードじいさんの両腕《りょううで》の中へ倒《たお》れこんだ。

「どうしたんだ、その手は？　ズィー」

いわれてはじめて目をやると、真っ黒に焦《こ》げた手があった。でも、おかしなことに痛くもないし、まったくなんの感覚もない。

じいさんは、戸口に立っていたエラムに合図した。

エラムがコップに水をくんできた。じいさんが支え、そうっとあたしの口に水を流しこむ。

氷のように冷たい水。こんなおいしいもの、生まれてはじめて。

でも、母さんは？　母さんはどうしただろう？

そう思ったとたん、つぎつぎにことばが転がり出た。

「家が、鶏《とり》小屋が、母さんが……」

じいさんはじっと聞いていた。あたしがしゃべりおわったと同時に、あたりはシンとなった。

「お母さんはだいじょうぶだ。きみは行かなくちゃならん」

「あたし、母さんのところへもどんなくちゃ」

じいさんは頭をふった。

「もどっちゃいかん」

あたしはそれ以上いいかえさなかった。

わかってる。もどっても母さんはいない。家もない。残されたものは何もないのだ。

ああ、このままジェラードじいさんの大きなクルミの木によりかかって、目をつむってすわっていたい。とにかく、このふるえが止まるまで。

鶏《とり》小屋の屋根をつきやぶってはげしく燃え上がる炎《ほのお》が、家の戸口から吹《ふ》きだした真っ黒い煙《けむり》が、何度も何度も目に浮《う》かんでくる。

せめて、黒い人影《ひとかげ》にかこまれて立っていた母さんのすがたを思いださずにすんだら！

でも、わかってる。ここにぐずぐずしてちゃいけない。

ジェラードじいさんが、差《さ》し掛《か》け小屋に入っていき、素焼きのつぼを持って出てきた。

あたしの両手に、木の皮と油とラム酒のにおいのする湿布薬《しっぷやく》を厚く塗《ぬ》りつけた。

両手は、分厚い手袋《てぶくろ》にすっぽり入れられたよう。指はこわばってうごかない。

じいさんが、あたしが横になるのを手伝ってくれた。熱も出てきたような気がする。

きっと何時間もねむっていたのだろう。ようやく目が覚めたとき、ジェラードじいさんが畑を横切って帰ってくるのが見えた。エラムがうしろからついてくる。鋤《すき》を手に、うなだれて。

あたしは起き上がった。

じいさんたちは、母さんを埋《う》めてきたのだ。いつもやさしい顔をした、温かい手の母さんを。

じいさんとあたしは、だまったまま見つめ合った。

「木の下だ。目印に石を置いといた。いい場所だと思う。お母さんには」

「ありがとう……」

たったこれだけいうにも、のどがしめつけられるようだった。

母さんが、トレーのチーズを裏がえしたのは、つい今朝のことなのに。

ふと見れば、畑の向こうに火の玉みたいな太陽が沈《しず》みかけている。

「あたし、もう行かなきゃ」

じいさんがうなずいた。黒い目いっぱいにあわれみを浮《う》かべて。

いっしょにきて、ということばがのどまで出かかった。あたしひとりじゃ、行けない。だって、いったいどこに行けばいいの？

でも、あたしにはわかっている。ジェラードじいさんは生きてるかぎり、ここにとどまるのだ。ひとり、愛国派と王党派のどちらにもつかずに。

「北に行くといい。どうにかして、お父さんと兄さんをさがすんだ」じいさんはそういって、布の袋《ふくろ》をさしだした。

中には、湿布薬《しっぷやく》と水のつぼ、干し肉、火打ち石と焚《た》きつけの木、それに包帯用の布が入っていた。

あたしは、ショールにたくしこんで持ち歩いている羊皮紙を思いだした。父さんが出ていった日に、母さんがくれた小さな羊皮紙。

あれが、おしえてくれるだろう。あたしがどの道をとるべきか。まず、どの山にのぼり、それからどう下って、何本の谷川をわたらなければならないのかを。

ジェラードじいさんが口を開いた。

「道は自分でさがさなくちゃならん。人に出会っても、敵か味方かはわからん。ひとりで行くんだ。たしかだとわかるまでは、だれともいっしょにならんほうがいい」

それから、じいさんは、のどがかわいたとき、おなかがすいたときはどうすればいいのかおしえてくれた。それを聞きながら、あたしは、父さんとジョンに会えるまで、いったい何週間かかるのだろうと考えていた。

しかも、この手。こんな手じゃ、なんの役にもたたないではないか。

太陽はもう沈《しず》んでしまったが、西の空には、まだ赤い光が残っていた。

「すぐ行くんだ。ここにいるのを気づかれんうちに」

あたしは立ち上がった。

じいさんが、布袋《ぬのぶくろ》をあたしの肩《かた》にそっとかけた。それから、布をナイフで細く裂《さ》くと、あたしの両手にていねいに巻いた。

じいさんの手が、あたしのひたいにふれた。別れのあいさつだ。

あたしは、畑のほうへ歩いていった。涙《なみだ》をこらえているせいで、目が焼けるように熱い。

畑を半分ほど横切ったとき、じいさんが追いついてきて、布袋《ぬのぶくろ》の中に自分のナイフを落としいれてくれた。

ああ、このジェラードじいさんといっしょにいられたら。

涙《なみだ》でほとんど前が見えなくなりながら、あたしはまたよろよろと歩きだした。頭は、北へ向かえと命令している。でも、足は、あたしがどこに行きたいのかを知っていた。足はひとりでに進んで林をまわり、気がつけば、目の前の木の間から家の残骸《ざんがい》をながめていた。

焼け焦《こ》げた丸太から、まだ煙《けむり》が渦巻《うずま》きながら上がっていた。焼け落ちた屋根に煙突《えんとつ》だけが高く燃え残っている。

黒焦《くろこ》げになった地面に、焼けて小さくなったトウモロコシが転がっている。物の焦《こ》げた強いにおいが鼻をついた。

木の間に立って、あたしは待った。あたりが暗くなるまで。

それから、ゆっくりと近づいていった。鶏《とり》小屋は完全に燃えて、灰しか残っていなかった。牛もいない。羊もいなくなっている。

ああ、父さん！　父さんの羊が、王党派の戦利品になったんだよ！

そのときはじめて、猫《ねこ》のルーシーのことを思いだした。

あの怒《おこ》りっぽい猫《ねこ》。うまく逃《に》げられたんだろうか？　どうか、どっかで無事でいて。

戸口のドアは、まだそこに立っていた。おかしな光景。あたしたちを守ってくれるはずのドアが、ポツンと立って、あたしをみちびきいれる。何もないところへ。

家の床《ゆか》はまだくすぶっていたが、布や寝床《ねどこ》は完全に燃えていた。炉《ろ》の中の鍋《なべ》が、すすで真っ黒になってぶらさがっている。

あたしは、両手を高くさしあげたまま、泣いた。

今のあたしの手には、地下の貯蔵庫のとびらを引き上げる力がない。中のハーブやリンゴやしわがれたジャガイモがどうなっているかわからないが、見ずにすんで、かえってよかったのかもしれない。

ドアの近くに、母さんのスプーンがひとつと、鉄のやかんが転がっていた。そのスプーンを持った母さんの手、やかんからカップに水を注ぐ母さんのすがたが目に浮《う》かぶ。

あたしは、きかない手でなんとかスプーンを拾い上げ、布袋《ぬのぶくろ》に入れた。それから、やかんの取っ手に腕《うで》を通した。

バカなズィー！　こんなものがなんの役に立つというの？

でも、さらにおろかなことに、あたしはその焼け残ったドアにもたれてうずくまると、ねむってしまったのだ。

奇妙《きみょう》な夢の中に、黒い人影《ひとかげ》がいくつも出たり入ったりする。声が聞こえる。急げ、ズィー、と。

ひどくのどがかわいて、目が覚めた。

ジェラードじいさんが持たせてくれた水のつぼは、栓《せん》をぬかずにおこう。

あたしはのろのろと川のほうに歩いていった。

川辺の泥《どろ》に腹ばいになり、口をつけて川の水を飲んだ。冷たい水が、口の中に、のどにしみとおる。

浅瀬《あさせ》に入っていった。

冷たい川の水で、ほてった足が冷やされていく。頭の上で、何百というホタルが黄緑色の光を明滅《めいめつ》させて舞《ま》っていた。

ふと、思いだした。何年か前の七月、むしむしした寝苦《ねぐる》しい夜のことだ。

あたしと母さんは、つま先立ってそっと家をぬけだし、並んでホタルをながめた。母さんの手があたしの肩《かた》に置かれていた。

今も、肩《かた》に、その手の重みを感じるような気がする。

母さんなしに、どうやって生きていけるの？

あたしはジョンを思った。それから、いっしょに出ていったジュリアンとミラーを。

ふたりの父親は粉ひき小屋の持ち主だ。あたしが不機嫌《ふきげん》にしていると、ミラーはかならずあたしをわらわせようとした。ミラーの顔が目の前に浮《う》かぶ。去年の夏、こういったときの。

「自分のものを守るために戦わないやつがいるか？」

今こそ、あたしにはわかる。ミラーのいったことは正しい。

今朝、ジョンがここにいてくれていたら！　ジュリアンとミラーが、あの丘のすぐ向こうに、いつものように暮らしていたら。そして、父さんが、もし……。

あたしは何ひとつしなかった。母さんを救おうとも、家を救おうとも。

狂《くる》おしい思いで、あたしは誓《ちか》った。

これからは、ちがうあたしになる。強くなる。たいせつなものを、おめおめとだれかにとられるようなことは、二度と、絶対にしない。

あたしは家をふりかえった。

暗闇《くらやみ》にさらに黒く、焦《こ》げたすがたをさらす残骸《ざんがい》、あたしたちの家の最期《さいご》を。

あたしは、ドアのところまで歩いていくと、布袋《ぬのぶくろ》をとりあげ、歩きだした。

12　母さんの写真

土曜日の夜、エリザベスは、台所のテーブルでリビーに向かい合い、夕食をとっていた。

しわしわになったエンドウ豆とチキンソテー。豆はいためすぎ。ソテーは生焼け。いつもよりずいぶん遅《おそ》い夕食だ。きょうの午後、ふたりはずうっと工芸品店にいた。ズィーの絵から離《はな》れたくなかったからだ。

こわれた額縁《がくぶち》の代わりとして、細いスチール製の額縁《がくぶち》をえらんだ。それから、店長が電話に出て長話をしている間、ふたりは絵の裏に描《えが》かれたものに見入った。

「何かしらね」かなり薄《うす》くなっているインクの印を見つめたまま、リビーがいった。

三角の印が三つ並んでいて、真ん中のは、あとふたつのよりはっきりと大きい。羊皮紙を横切るように、曲がりくねった線が何本も引かれている。

こんな印が、ズィーとどう関係しているんだろう？

夕食を食べ終えると、エリザベスは、リビーをまっすぐに見ていった。

「これからは、わたし、変わる」これは、もうせっぱつまった気持ちだ。「お金を貯めて、額縁《がくぶち》を弁償《べんしょう》する」ひと息ついて、言い切った。「わたし、人生をやりなおす。もっと注意深い人間になる」

リビーはわらった。

「そういえば、あなたのお母さんも、いつもいつもやりなおしてたわね」

リビーは立って食器棚《しょっきだな》に行き、下の引き出しから一枚の写真をだしてきた。

「ずっと、これを、あなたにわたそうと思ってたの」

うけとった写真の中から、七、八歳《さい》と見える女の子がエリザベスにほほえみかけている。

「サラって名前だったことは知ってるでしょ。わたしたちは、システィって呼んでたけど」

ママって、ほんとにいたんだ。わたしが赤ん坊《ぼう》のころ亡くなったという母親は、タンスの引き出しにしまってあるクリスマスカードに描《えが》かれてるような天使なんかじゃなかったのだ。

「あなたのこと、それはそれは愛してたわ」

今にも涙《なみだ》が出そうで、目が焼けるように熱くなった。

おかしなものだ。今まで一度だって、ママのことで泣いたことなんてなかったのに。

エリザベスは廊下《ろうか》を見やった。絵はもう、元どおりもどされて壁《かべ》にかかっている。

ズィー。ズィーもママと同じで、ほんとに生きていた人物なのだ。そして、ママはちょっぴりズィーに似ていた……。

リビーが軽く咳払《せきばら》いをした。

「わたし、いとこのハリーのことをずっと考えてるんだけど」

ハリー？　知らない名前だ。

「実際には、ふたいとこになるのかしら。わたしたち、休暇《きゅうか》になると会って、いっしょに遊んだものよ。祖父母が生きていたころ。あなたにとっては、ひいおじいさん、ひいおばあさんね」

エリザベスは、そのころの休暇《きゅうか》を想像してみた。

ママが、わたしが見たこともないひいおじいちゃんやひいおばあちゃんといっしょに、感謝祭のごちそうのテーブルについている。それに、きっとクリスマスのときも。

そして、そのハリーとかいう男の子も、そのごちそうのテーブルにいたわけだ。

「ハリーなら、祖先のことをもっとよく知ってるんじゃないかと思うの」とリビーが話をズィーの家の火事にもどした。「独立戦争のときは、このあたりでも、となり同士たがいに敵となって戦ったのよ」

エリザベスはおどろいた。

このあたりでも？

このあたりでも、となり同士、敵だった？

今の今まで、独立戦争なんてずっと遠くで起こったものと考えていた。大西洋岸のロングアイランドか、ニュージャージーの南のほうで起こったことかと。

「このあたりでも？」エリザベスはたずねずにはいられなかった。

「ええ、ズィーの農場は、デポジットの町の北のほう、デラウェア川沿いにあったのよ。当時、そのあたりが開拓《かいたく》の最前線だったの」

エリザベスは信じられなかった。そこなら、車でわずか一、二時間のところだ。

「ズィーの家に火をつけたのが、王党派だったのか、王党派についたイロコイ族だったのか、今ではだれにもわからない。とにかく、ズィーの家族は、家も、鶏《とり》小屋も、全部焼かれた。子どものころ、そのあたりを歩いたことがあるわ。ハリーとわたしでね。ハリーは今、その辺に住んでるの」リビーは、片方の肩《かた》をすくめた。「当時のものなんて、何も残ってないのよ。草原があって、川があって、それとハリーの家があるだけ」

エリザベスは、手の中の熱い紅茶に息を吹《ふ》きかけながら思った。ズィーは、すぐそこにいた。実際にズィーの住んでいた場所が、目と鼻の先にあったのだ。

リビーが話をつづけた。

「祖先のことって、最初の世代は、当時のことをもちろん全部覚えてるわよね。でも、つぎの世代になると、伝えられる話は部分的になって、その部分的な話が、世代を経るにしたがってどんどん小さくなっていって……」

リビーが一度にこんなにたくさん話したのは、はじめてだ。もっともっと聞きたくて、エリザベスはどんどん前のめりになった。

「家を焼かれたあと、ズィーは父親をさがしにいった。そのことなら、わたしたち、けっこう知ってるのよ。ほら穴のことなんかも。祖母がその話をしてくれたから。ズィーの父親は、北のほうのどこかで戦っていたらしいわ」

リビーはそういうと、自分もエリザベスのほうへ身を乗りだした。

「ズィーは、手にひどいやけどを負ったでしょ。当時は抗生物質もなければ、なんの治療《ちりょう》もうけられない。ズィーは、ほら穴の中で死にかけたの。考えてもみて。あなたくらいの女の子が、たったひとり、母親を失ったうえ……」

リビーは、あとをつづけることができなかった。きっと自分の話したことが、生々しく目に浮《う》かんできてしまったのだろう。

だが、エリザベスは全部聞きたかった。

「おねがい、最後まで話して」

リビーがほほえんだ。

「このつづきなら、図書館でも読めるわ。ズィーは、そのほら穴にいろんなものを残したんだけど……」

聞きながら、エリザベスが手にしていた紅茶のカップをよく見もせずにおろしたので、カップは受け皿の端《はし》に当たり、紅茶がこぼれた。

エリザベスはあわてて、ペーパーナプキンでふきとった。

「ごめんなさい」

「いいの、いいの」リビーはいつものように手をヒラヒラさせると、話をつづけた。「ズィーが何を残したかは、わからないの。当時、あのあたりの山のあちこちにはほら穴があって、ほら穴をつかった人たちは、運べないものを置きっぱなしにした。だから、まだ何かが入ってるはずなんだけれど、あの戦争のあと地すべりが何度もあって、穴は埋《う》まってしまったの。そんな穴をさがしだそうとした人たちもいてね。ハリーもそのひとり」

エリザベスはうなずいた。

これらのこと、全部覚えておきたい。だって、いろんなことが想像できるではないか。うちに帰ってからも。

「わたしたち、あす、ハリーの家に行きましょ。あなた、彼《かれ》と話がしたいでしょ？　だって、最後の日になるんですものね、お父さんのお迎《むか》え前の」最後のことばを、リビーはため息とともにいいおえた。

ズィーのことを知る最後の日。ズィーをうちに連れて帰るための。

ズィーの顔、ズィーの目、ぶかっこうな頭巾《ずきん》、それに絵の裏に描《えが》かれていたわけのわからない線や印、それら全部を、わたしは一生わすれず、ズィーにこだわりつづけるだろう。

リビーが、いたずらっぽくわらっていった。

「わたしたちが行くってことは、ハリーには知らせないの。断られるのはわかってるから」リビーは、ナプキンで口をふいていった。「ハリーって人は、そうねえ……、とにかく、とってもあつかいにくい男よ」

リビーは、頭をふってつづけた。

「わたしは内気で、ほとんど口をきかなかった。そして、ハリーはたいてい不機嫌《ふきげん》。わたしたちが友だちでいられたのは、あなたのお母さんのおかげなのよ。ハリーとわたしを、いつもわらわせてくれて。でも、システィが亡くなったあとは、ハリーもわたしも会わなくなった。あなたのお父さんとは、連絡《れんらく》をとらなくちゃって、いつも思ってたんだけど。あなたに会うためにね。でも、アッというまに何年もたってしまって」

エリザベスは、何もいわず、グラスの水を少しだけ飲んだ。浮《う》かんだ氷が澄《す》んだ音をたてた。

「ハリーは、ズィーのことをわたしより知ってるわ。だから、あなた、なんとかして、それをハリーから聞きだすのね」

なんとしても、とエリザベスは思った。

13　ほら穴

道はビッグ・フィッシュ・リバーに沿って、リボンのように細く長くつづいていた。

夜が明け、太陽がのぼったときも、あたしはその道をたどりつづけていた。木々の上に顔をだした火の玉のような太陽は、あたしの右の頬《ほお》をカッカと照りつけた。

口の中が、ざらざらする。ほこりをかぶったこの裸足《はだし》みたいに。

どうして、こんなにのどがカラカラなんだろう？

冷たい川の水が白く泡立《あわだ》ちながら、岩の間を流れている。岩にはいつくばったカエルが、のどをふくらませて恋《こい》の歌をうたう。それを横目で見るにつけ、たまらなく水が飲みたくなる。

きのうの夜、あたしは川の中に入って、思うぞんぶん水を飲んだ。川面をくるくるまわりながら流れていく木切れや、木の葉や、流れに乗って泳いでいく魚たちを見ながら、のどのかわきを完全にいやしたつもりだった。

あれは、つい昨夜のことじゃなかったの？

あたしは歩きつづけた。体のどこかが悪いんだろうか？　熱があって、まともに頭がはたらかない。こんなにのどがかわいているのに、川岸にひざをついて顔を川面まで持っていくだけのことが、大儀《たいぎ》で大儀《たいぎ》でしかたがない。

一歩一歩が、なまりの足を引きずるようだ。

捨てていこうか。ジェラードじいさんが持たせてくれた布袋《ぬのぶくろ》。重くてたまらないから。

それとも、母さんのやかんを捨てたほうがいいのかも。

でも、歩くたびにカランカランと鳴る音が、まるで母さんの声のようにあたしをなぐさめてくれる。

具合が悪いのは、この手のせいなんだろうか？

いったいどうなっているんだろう？　この手は。

前方に山並みが見える。今、その一番高い山の頂に朝日が射し、まぶしいほどに輝《かがや》いている。その両側のふたつの山は、たがいに頭をよせあっているように見える。

あたしは以前、あの三つの山を指さして、アミーにいったことがある。

「見て、三人姉妹がささやきあってるみたいだね」

アミーが聞いた。

「どれがあんたで、どれがわたし？」

「あたしは高いの、光ってる山」

すると、アミーがあたしの肩《かた》をポンとたたいていった。

「じゃあ、あの山、ズィーって呼ぼう」

ぼんやりとそんなことを思いだしながら、あたしは、コケですべる岩から岩へ足を運んで川をわたり、山のほうへと登っていった。

坂はゆるやかだったが、ゼイゼイとひどく息が切れた。目の前に立ちはだかる姉妹の山々には、遠くからながめたときのようなビロードのなめらかさはなかった。

松や杉《すぎ》の木の間には、大きな白い岩がゴロゴロと転がっている。冬の間に倒《たお》れた木が、まるで支え合う隣人《りんじん》のように、たがいによりかかったまま茶色く枯《か》れかかっている。

山の中に入ると、太陽がさえぎられる分だけ、すずしくてありがたかった。あたしは母さんを思った。母さんが冷たい手で、あたしのひたいをさわってくれているんだと。

母さんの手。石けんを作る手。あたしのスカートは泥《どろ》でゴワゴワ……。

「石けんがいる」ひとりでに声が出た。

石けん。そうだ、あたしは石けんを作るはずだった。パッチンのおばさんと。

そういえば、パッチン家のアイザックとアミー、それにミラーとジュリアン、それにジョンとで、去年この山に登った。みんなでいっしょに……。

ブルーベリーを摘《つ》んだ？

「ここらの山はみな、なだらかだ」と、そのときたしかミラーがいった。「何百年も風に吹《ふ》かれ、雨に打たれて、すりへったんだな」

あたしの頭巾《ずきん》が木の枝にひっかかったのを、アイザックが手をのばしてはずしてくれた。そして、あたしの顔を見下ろして、ほほえんだ。いつのまにか、うんと背が高くなったアイザック……。

その夏の日、まだ何かが……。

そうだ、ほら穴を見つけた？

ミラーがあたしにいったっけ。

「ズィー、ほら穴の中に何もいないか、たしかめてからじゃないと、入るんじゃないぞ。クマの巣穴かもしれんからな。そしたら、クマの一家が、きみをうまそうに食っちゃうぞ」

もうくたくた。これ以上歩けない。あたしは自分をはげますために、一歩一歩かぞえながら歩いた。

……70、71。立ち止まったら、また数えなおす。1、2、……。

ほら穴だ。去年見つけたほら穴の入口だ。

穴の奥《おく》で、何かうごいた？

アイザックじゃないな。ジュリアンでもミラーでもない……。

あたし、何を考えてるんだろう？　頭がもうろうとしてきた。

あの日、ミラーが丸く石を並べた。みんなで輪になってすわれるように。ミラーは、あたしを一番平らな石にすわらせてくれた。それから、みんなでブルーベリーを食べた。青黒い汁《しる》を垂らしながら。

しげみが小さく揺《ゆ》れた。あたしは目を見張って立ちすくんだ。頭の上の高いこずえをリスがかけていく。ナゲキバトが悲しげな声で呼びかわしている。

去年、たしかこのほら穴は空っぽだった。あたしが覚えてるかぎり。

身をかがめて、中に入っていく。

じめじめしたにおい。それと、これは、何かの死体のにおい？

天井《てんじょう》は、まっすぐ立てないくらい低い。

ドサッと、ジェラードじいさんの布袋《ぬのぶくろ》が肩《かた》から落ちた。ガラガラとやかんが転がっていく。

あたしはすわりこんで、ゴツゴツした岩壁《いわかべ》にもたれ、緑色の外の世界をながめた。

手のやけどのこと、湿布薬《しっぷやく》のことを思いだして、きかない手で布袋《ぬのぶくろ》を引きよせる。

母さんは亡くなった。あたしはひとりぼっち。

布袋《ぬのぶくろ》をあけて、干し肉を少しとりだしたが、口に近づけるだけで吐《は》き気《け》がする。

手に巻かれていた布をほどいた。分厚く塗《ぬ》った湿布薬《しっぷやく》が、布にくっついて、はがれた。

やけどした皮膚《ひふ》は変わり果てていた。ところどころ黒ずんでいて、ほかの部分はきれいなピンクだ。

あたしは新しい湿布薬《しっぷやく》をこってり塗《ぬ》りつけた。もう一度、布を巻きなおさなくちゃと考えながら……。

いつのまにかねむっていた。

目が覚めたときは、もう暗くなっていた。ほら穴の入口から、青白い月明かりが射しこんでいる。

ひたいが燃えるように熱い。くちびるがガサガサにかわききっている。

あたしは水のつぼに手をのばし、歯で栓《せん》をぬくと水をひとすすりした。こぼれた水があたしの腕《うで》を伝って流れた。

こわばって役に立たない手。

あたしはまた眠《ねむ》りに落ちた。

ハッと目が覚めると、夜明けだった。

どのくらいたったんだろう?

相変わらず、あたしはひとり。

ゴツゴツした岩の天井《てんじょう》をながめた。

今まで、ひとりになったことなど一度もない。いつも母さんか父さんがいた。畑で種まきをするときは、アミー。どんなときも、ジョンが、アイザックが、ジュリアンが、ミラーがいた。

そういえば、ミラーの夢を見た。冬だ。父さんを手伝って、どっさり積もった雪を屋根からおろしながら、あたしにわらいかけていた。

あたしは、そばに転がっている水のつぼを拾い上げた。

軽い。ということは、空っぽ？

あたしは体を起こし、壁《かべ》にもたれてすわった。

両手を目の前にさしあげてみる。指がこわばって曲がらない。

こんな手で、どうやって父さんのところへ行き着けるんだろう？　どうやって、ジョンに会えるんだろう？

どうすればいいのか、おしえてくれる者もいないのに。

「考えるのよ」あたしは、声にだして自分にいった。「自分で考えるの」

そうだ。まず、水を飲まなきゃ。それに何か食べなくちゃ。

夜明けの薄明《うすあ》かりの中で、まわりを見まわした。

包帯用の布が、ほら穴のでこぼこした地面に放りだされている。きっと、自分で布袋《ぬのぶくろ》の中のものをぶちまけたんだろう。母さんのスプーンも落ちている。父さんが描《か》いてくれた羊皮紙の地図も。

あたしはハッと息をのんだ。干し肉がなくなっている。

そういえば、昼間、ほら穴の近くに何か動物がいた。何か小さい動物が。

小さいって、ほんとに？　思わず身ぶるいがくる。

気にしないでおこう。とにかく水だ。

でも、川まで行くには、この山をまた下っていかなくちゃならない。

遠い。遠すぎる。

だが、ほかに方法はないのだ。あたしは水のつぼをわきに抱《だ》くと、ほら穴の出口まではっていった。

外に出ると、木々の間から、朝日が無数の光線となって降り注いでいた。あたしは顔を上げ、日光をうけた。

暖かい。ああ、生きかえったようだ。

ふと気がつくと、ゴボゴボと水の流れる音がする。きっと山肌《やまはだ》を小さい谷川が流れているのだ。あたしは音のするほうへ走った。

あった！

すぐに川辺にひざをつき、顔をつっこんでガブガブと飲んだ。飲んで飲んで、おなかがはちきれるほど。

それから、さらに川面ににじりよって、両手でつぼを支え、なんとか水をくんだ。

ここにしばらくとどまれたら、どんなにいいだろう。暖かい太陽の光を浴びて、岩の間を流れる谷川の音を聞きながら……。でも、今は、一分もむだにはできない。

ほら穴にもどると、よごれた包帯を川に持っていった。この手じゃ、たたき洗いはできない。でも、布の端《はし》を持って、川の水につけることはできる。流れがよごれを洗い流し、布が元のクリーム色にもどるまで。

それから、川の中に入り、流れの速い真ん中のところまで進んでいった。

両手を上にあげ、あとは流れにまかせた。川が、スカートの泥《どろ》をしだいに洗い流してくれた。足はすっかり汚《よご》れが落ちてきれいになった。

川底の岩はすべりやすい。あたしは岸にもどろうとして、足を踏《ふ》みはずした。よろっとしたと思ったら、なすすべもなく川の中に倒《たお》れてしまった。

なんて冷たい水。氷のよう。すぐに歯がカチカチ鳴りだした。

そうっと両手をその冷たい水の中につける。川底にすわりこんで、首まで川の水につかった。服が、流れにゆらゆら浮《う》いている。

父さんはきっと見つかる。ジョンも。

そして、あたしたち三人はもどってきて、自分たちが築いたものをとりもどすんだ。

14　山頂へ

その夜はよく晴れて、夜空を星が埋《う》めつくしていた。

あたしはほら穴の外に立っていた。

飢《う》えに腹の中を食いやぶられるようだ。夜が明けしだい、出発しよう。食べ物をさがさなければ。

去年の秋、あたしはアイザックとこの山の中を歩いた。

去年の秋は、あたしたちはお隣《となり》さんだった。

パッチン家の農場で、いっしょにすわって同じものを食べた。しとめたヤマウズラやシカの肉を分け合った。ニワトコの実のジュースで口のまわりを同じように紫色《むらさきいろ》にした。

歯を食いしばって、腹がしぼられるような空腹に耐《た》える。

あたしは自分にいいきかせた。だいじょうぶ。あたしはだいじょうぶ。熱も下がったんだし。

準備はすべてできている。着たまま川で洗った服は、着たままなんとかかわかした。手には湿布《しっぷ》を厚く塗《ぬ》りつけて、川で洗った布を巻きつけた。

父さんの地図は、ジェラードじいさんのナイフといっしょに胴着《どうぎ》の中にたくしこんだ。

せめてもうひと晩、このほら穴の中でねむることができたら、もっと元気に出発できるのに。

ガサッと、木立ちの中で音がした。

目をこらすと、闇《やみ》の中で光る目玉と、ぼんやりとわかる輪郭《りんかく》。

それに、なんともいえない不気味な声。

木の間から、一匹《いっぴき》の動物が低くうなりながら出てきた。

あたしは腰《こし》を落とし、地面に手をのばした。木の枝でも石でも、とにかく何か投げつけられるものを拾おうと、地面をさぐった。

だめだ。指がうごかない。何かをつかむどころか、感覚すらない。

カラカラになった落ち葉をがさつかせただけだ。

サッと、そいつが身をかがめた。あたしから目を離《はな》さず、じっとチャンスをうかがっている。

ミラーがいってたことを思いだした。ひょっとしたら、そいつは、自分の巣穴をとりもどそうとしているんだろうか？

ナイフがあるが、この指じゃつかむことができない。

それに、ナイフをつかうということは、それほど近く、そのけだものと向き合うということだ。そいつの息があたしの顔にかかるほど。

あたしは横目でほら穴の入口を見た。中に入ったら、かえって逃《に》げ場を失うことになるだろう。

そうっと一歩、その動物から離《はな》れた。ほら穴とは反対のほうへ。もう一歩、さらにもう一歩、あとずさりするうち、そいつとあたしの間に一本の木が入った。

足の置き場にじゅうぶん注意するんだ。そいつから片時も目を離《はな》してはいけない。もし、ここで足をすべらせたりしたら……。

そんなへま、するものか。絶対にすべったりするものか。

あたしはそのまま、あとずさりをつづけた。そして、とうとうその動物が見えなくなると、すぐさまうしろを向いてかけだした。

木の枝やとがった石なんかおかまいなしに、一目散にかけた。足の裏に何かがささったり切れたりしたような気がしたが、立ち止まってはいられない。山の頂上に着くまで一度も止まらず、かけどおしにかけた。

頂上に立つと、月明かりに照らされて、あたしたちの住んでいた谷間が見わたせた。パッチン家が見える。川沿いの柳《やなぎ》の木立ちが見える。そして、うちの畑も。

あたしはまわれ右して、故郷の谷に背を向けた。前方の林は木がおいしげり、下のほうまでは見わたせなかった。

でも、あたしは知っている。こちら側の谷には、いきり立ったイロコイ族とイギリス軍の兵隊がうろついているのだ。

インディアンは音もなくすばやく移動するから、気がついたときはもう遅《おそ》い。それこそ、ジェラードじいさんがあたしにおしえてくれたインディアンの技《わざ》だ。

だが、イギリスの正規軍は正反対だ。聞くところによると、彼《かれ》らは横柄《おうへい》で、わざわざ目立つ赤い制服を着て、つばの三方を上に折りあげた帽子《ぼうし》をかぶっているそうだ。

さらにロイヤル・グリーンと呼ばれる緑色の制服を着た兵隊もいるらしい。何者も恐《おそ》れず、ピカピカの長靴《ながぐつ》をはいていばって進軍し、敵に見つかっても平気どころかよろこぶくらいだというから、もし近づいてきたら、こちらはすぐにわかるはずだ。

もうちっともねむくなかった。谷へおりる道は、はっきり見分けられる。

あたしはずんずんおりていった。夜が明ける前に道が平らになり、ふもとに着いた。立ち止まって、垂れかかる木の葉のつゆをなめた。

日がずいぶん高くなってから、ようやく腰《こし》を下ろしてひと休みした。空腹のせいで頭がぼうっとしている。

早くつぎの川にたどりつきたかったが、まだ川はチラリとも見えない。川にはバスがいて、銀色の背を見せて泳いでいるはず。それにカワカマスも。

ウナギでもいい。毎年、春になると、ジェラードじいさんといっしょにつかまえていたものだ。火で焼いたら、きっとおいしいだろう。

そうだ、火だ。

火打ち石とつけ木を置いてきたのに、どうやって、火を起こす？

ほら穴からは、ほとんど一日分も離《はな》れてしまった。とりにもどるのは、もうむりだ。湿《しっ》布薬《ぷやく》も置きっぱなしなのに。

でも、もっとひどいことに、あたしは母さんのものを全部置いてきてしまった。母さんの小さいスプーン、つかいこんですすべになったあのスプーンと、母さんのやかんを。

まったく、どうしてそんなにたいせつなものを？

あたしは、そばの木につかまって立ち上がった。なんとかして魚をつかまえるのだ。つかまえたら、焼かずにそのまま食べるまでだ。

そして、いつか絶対にあのほら穴にもどる。もどって、置いてきたものをとりもどすのだ。

昼ごろ、やっと川にたどりついた。

ところが、川岸に小さな小屋が立っている。

木のかげにかくれて、しばらくようすをうかがった。煙突《えんとつ》から煙《けむり》は出ていない。家のまわりで地面をほじくる鶏《にわとり》もいない。

それでも、あたしはじっとかくれていた。空腹のあまり、もう立っているのもやっとだ。目の前に、あの日夕方に追われていたウサギがちらつく。あのウサギを料理したら、さぞおいしいだろう。

包帯の中で指を曲げようとしたが、ほんのわずかしかうごかない。それに、しばらく前から、包帯の中の皮膚《ひふ》がかゆくてかゆくてたまらない。これじゃ、痛いほうがずっとましだ。

ついに包帯をほどいて、血が出るほどかきむしった。

そんなことをしながら、小屋から人が出て来はしないか、声が聞こえはしないかと気をつけていたが、なんの変化もない。

そのうち、また夜になった。

とうとう、あたしは木の間から出て、小屋の入口へと、踏《ふ》みならされた小道をそうっと歩いていった。ドアは、押《お》しただけでスッとあいた。

小屋の中に射しこむわずかな月明かりに、目がようやくなれて、見えてきたのは、テーブルの上の食べ物。

ボウルに入った野イチゴ、やわらかそうなわかいエンドウ豆、煮詰《につ》めたブルーベリー、それに丸いチーズのかたまり。

もう何も考えず、あたしは食べ物にとびついた。

15　十七号ハイウェイ

台所で、エリザベスとリビーは、ピクニックにでも行くように弁当を詰《つ》めていた。食料雑貨店で買ってきた七面鳥肉のサンドイッチ、チョコレートのかかったカップケーキ、それに皮に黒い斑点《はんてん》が出たバナナが一本。

カウンターに立ったリビーが、弁当の入った紙袋《かみぶくろ》をポンとたたいてから、「あ、そうだ」と、ペットボトルの水、六本をくわえた。

「あの絵、持っていって、ハリーに見せたほうがいいんじゃないかしら」とエリザベスはいったが、リビーは首をふった。

「ズィーは、ここに置いておきましょう。ここがズィーの場所だから」

エリザベスは、ぶらぶらと玄関《げんかん》ホールに歩いていって、ズィーの顔を見上げた。

この顔を、どうして以前はかわいくないなんて思ったんだろう？

いや、かわいいということばは適切じゃない。よくわからないが、もっと別のものが、この顔にはある。かわいいなんてことばじゃいいあらわせない別の何かが。

エリザベスは、ガラスの上から指でたどった。ズィーの頬《ほお》に垂れかかる髪《かみ》。うっすらと描かれたまゆ。ショールのあちこちにあるしみ。

このしみは、この絵を描《か》いた絵描《えか》きが、わざわざ描《か》き入れたんだろうか？　ズィーは、そんなにひどいかっこうだったの？　それとも、年月を経て、羊皮紙に自然に浮《う》き出たしみなのか？

それにしても、これを描《か》いた絵描《えか》きって、いったい何者だろう？

リビーが台所から手をふきながら出てきて、エリザベスの肩《かた》ごしにズィーを見た。

「これを描《か》いた人って、だれかしらね。この絵のすべての線に愛情がこもってるけど」

エリザベスはおどろいてリビーをふりかえった。今、まさに同じことを考えていたのだ。

この絵を、前の学校の美術の先生に見せられたらいいのに。美術のバクスター先生は、「作品を通して、その作者が見える」といっていたが、今、やっとその意味がわかった。考えてみれば、バクスター先生って、それほど変人じゃなかったのかもしれない。

先生が絵の具のついた手をふりまわしながら、「注意深く見れば、作品から、思いもよらないたくさんのことが見えてきますよ。人についても同じですけどね」といったとき、生徒たちはドッとわらった。先生がよごれた手で頬《ほお》をこすったので、頬《ほお》に青い絵の具がついたのだ。

さて、ようやくエリザベスとリビーは車に乗りこみ、車庫からバックで通りに出た。もう十一時。こんな時間まで、何をぐずぐずやってたんだろう？　わたしにはもう、きょうしかないのに。きょうという一日にしがみついて、一生を暮らしていかなければならないのに。

リビーが運転席から話しかける。

「十七号ハイウェイを北へ、デポジットの先まで行きましょ。もちろん、独立戦争のころは、そのあたりには町なんてなかったわ。ほんのいくつか農場があっただけで」

突然《とつぜん》エリザベスは気がついた。わたしたち、とっても自然に話してる。そういえば、最近はだまっているときも、ちっとも気詰《きづ》まりに感じない。

リビーが、エリザベスを横目で見ながら、エリザベスの母親のことを話しだした。

「システィはね、寝《ね》る前にいろんな作り話をしてくれたのよ。いったわよね、わたしたち、あなたが今つかってる部屋で寝《ね》てたの」

ママも、キルトの家を指でたどりながら、その家に住んでいる人の話を作りあげていたんだろうか。わたしが毎晩やっているように。

エリザベスは、車の窓ガラスにひたいを押《お》しつけ、車が進むにつれて両側にせまってくるキャッツキルの山並みを見ていた。

どこもかしこも、洗われたようにあざやかな新緑だ。道路に沿って、川が白く泡立《あわだ》ちながら岩間を流れている。

腰《こし》まであるゴム長をはいた釣《つ》り人がひとり、ひざの深さまで川につかって立っている。釣《つ》り竿《ざお》をふるうと、男の頭の上で弧《こ》を描《えが》いて釣《つ》り糸が光った。

パーキングエリアに車をとめて、弁当にした。エリザベスは、味もわからないほど大急ぎでサンドイッチを食べた。

ふたたび走りだした車に、明るい日光が射しこんでくる。エリザベスは目を閉じ、ラジオの音楽を子守唄《こもりうた》に快い眠《ねむ》りに引きこまれた。

そのうち、車の方向が変わり、タイヤが小石をはねとばしはじめた。ハイウェイをおりたのだ。

エリザベスは目を覚まし、背すじをのばして、足をさすった。足を組んだまま寝《ね》ていたので、片方の足がしびれている。

もうすぐだ。車は、二百年以上前、ズィーが見たにちがいない山々の間を走っている。ひょっとしたら、このどれかの山にズィーは登ったかもしれない。

エリザベスは、曲がりくねって流れる谷川をながめた。車は川にみちびかれるように、川に沿って走っていく。見上げれば、強い初夏の日射しに山並みが光り輝《かがや》いている。

山々は頂をよせあって、たがいにおしゃべりでもしているようだ。岩だらけの体を太陽が暖めてくれてありがたい、とかなんとか。

そこまで考えて、エリザベスはハッと息をのんだ。

目の前に並んでいる緑におおわれたなだらかな山々。

真ん中の山が一番高い、三つの山。

三つの三角形。

エリザベスは息をするのもわすれて、山を見つめた。

その山頂のさらに上を、一羽の鳥が舞《ま》っている。

たちまちエリザベスは、自分がそのタカとなって空を舞《ま》っているような感覚にとらわれた。舞《ま》いながら山や谷間を見下ろしているような。

車のフロントガラスを通して三つの頂を見つめながら、エリザベスには、今はっきりわかった。あの三つの三角形の意味が。

今までどうして気がつかなかったのだろう？　自分もリビーも。あの羊皮紙の裏に描《えが》かれた線の意味に。

あの線は地図だ。

そして、地図はここからはじまっているのだ。

16 遭遇《そうぐう》

気がつけば、ガツガツとおどろくほどたくさん食べていた。

ふくれた腹に手をやって、きつくなってずりあがったスカートを引っ張りおろした。

満腹になったとたん、強い眠気《ねむけ》がおそってきた。炉《ろ》の前のわらの寝床《ねどこ》に、横になりたくてたまらない。でも、まず父さんの地図を見なくては。

地図の線を指でたどりながら、ぼんやりした頭で考えた。目的地にたどりつくまで、いったいどれくらい歩かなくちゃならないんだろう。

あたしは、あらためて小屋の中を見まわした。

ボウルに残ったキイチゴが、みずみずしい真っ赤な色で目をひいた。

おそらく、きょうか、少なくともきのう摘《つ》んだものだろう。ということは、この家には住んでいる人間がいるのだ。だったら、今にももどってくるのではないか？

眠気《ねむけ》はたちまち吹《ふ》っとんだ。あわてて戸口からとびだし、ドアを閉めると、林の中へとかけだした。小屋から相当に離《はな》れるまで、一度も立ちどまらず走りつづけた。

もっと足が速ければ！　そもそも、なんであんなにたくさん食べちゃったんだろう！

あたしは何度も肩《かた》ごしにふりかえった。うしろばかり見ていたので、不用意な物音をたて、かくれている動物たちをおどかした。

わすれたの？　ジェラードじいさんが、ひとつひとつ指を折りながらおしえてくれたことを。

「計画なしに行動してはいけない。歩くときも走るときも、音をたてるな。敵とは、臆《おく》せず戦え」

じいさんの教えなんか、かなぐりすてて、あたしはただめちゃくちゃにかけた。木にぶつかり、とがった小石を踏《ふ》みまくり、木の根につまずいて転んだ。

息が切れ、のどをゼーゼー鳴らしながら走りに走った。

そして、こともあろうに、ふたりの男に正面から出くわしてしまったのだ。

ふたりのうしろから、五、六人の男たちが音もなく歩いてきて、あたしを囲むように立ち止まった。

どうか、どうか、王党派じゃありませんように。この人たちが、味方の愛国派でありますように!

考えてみれば、おかしなことだ。王党派も愛国派も、見た目はまったく変わらない、同じかっこうをした、同じように土地を愛する人たちなのだ。

この人たちが敵かどうか、どうやってわかるっていうの?

でも、あたしにはわかった。

ジェラードじいさんの声がよみがえる。

「敵に会ったら、自分が強いことをしめせ。弱みを見せちゃいかん」

そんなこと、どうしてできるだろう。

あたしをとりまいた男たちを、あたしはただじっと見つめることしかできなかった。役にたたなくなった両手を宙に浮《う》かしたまま、おびえきって。

「だれだ?」とひとりが聞いた。

もうわかくはないその男の顔は、ジェラードじいさんのように日に焼け、なめし革のようにかたい皮膚《ひふ》をしている。

だが、薄《うす》い灰色の目は、じいさんとは似ても似つかず、険《けわ》しかった。

「ズィーです」家を出てからはじめて出した声は、自分の声とは思えないほど奇妙《きみょう》にひびく。

「スパイだな」男の目が、さらにするどくなった。

あたしはあわてて首をふった。

そのとき、うしろのほうに立っているひとりの男の顔が見えた。

アイザック！

日焼けした肌《はだ》、鼻をまたいでソバカスのある、まぎれもないアイザックの顔だ！

アイザックもあたしを見ている。

息をのんだまま、あたしはひとつの光景を思いだしていた。

あれは、あたしたちがいくつのときだろう？　たぶん十歳《さい》？

ビッグ・フィッシュ・ウォーターの川岸で、水をはねかして遊んでいるときだった。突《とつ》然《ぜん》、アイザックがいったのだ。

「うごくな」

そのころはもう、アイザックはあたしよりうんと力があった。あたしの腰《こし》をつかんで、グッと川から持ち上げた。

その下を、かま首をもたげたヘビがゆっくりと泳いでいった……。

あたしは、アイザックから目を離《はな》せない。

アイザック、まさか、あたしをわすれちゃいないよね。あたしはズィーよ。あたしたちは……。

「この子は友だちだ」アイザックが歩み出て、あたしのそばに立った。そして、いつもの笑顔でいった。「おれのとなりの家の子だ」

父さんがあやつる舟《ふね》で、あたしたちがあの土地に着き、家を建てた日から、アイザックは、ずっと変わらぬ笑顔であたしを見守ってくれた。

あのとき、ウォーター・モカシンと呼ばれる毒ヘビから救ってくれたアイザックに、あたしは川の中でキスし、そして、アイザックは、あたしに笑顔をかえしていったのだ。

「いつか……」と。

今、わたしにはわかる。アイザックが懸命《けんめい》にショックをかくそうとしているのが。

こんな山の中で出会ったから？　あたしが、こんなひどいかっこうをしているから？

アイザックが片手をあげ、あたしの手にさわろうとした。あたしの手がどうなっているのか、心配しているのだ。

「この子は、北のほうへ、カナダのほうへ逃《に》げようとしてるんだ。そこのほうが、王党派には暮らしやすいから」とアイザックがいった。

「たったひとりでか？」男の声は、アイザックをうたがっている！

「うしろにいます、家族は。あとからきてるんです」とあたしはあわてて口裏を合わせた。

男はあたしを見、すばやくアイザックに目をやったが、ほかの男たちのほうを向いていった。

「さあ、小屋にもどって、めしだ」

ヒッと息をのむ音が、自分にもはっきり聞こえた。

あたしが小屋でやらかしたことを見たら、この男たちはアイザックに何をするだろう？

あたしはとっさにいった。

「あたし、チーズを食べました。くだものも」

おどろいたことに、男は大声でわらいだした。

「こんなバカ正直なやつは、きっと仲間にちがいねえ」さっきとは打って変わって、屈託《くったく》のない笑い顔だ。

男たちは静かに去っていった。木の枝ひとつ折らず、葉っぱ一枚カサリとも揺《ゆ》らさず。

アイザックだけが残った。

「少し、いっしょに行こう」

アイザックがあたしの手をとろうとした。でも、あたしはさせなかった。

さわられると痛いからではない。網目状《あみめじょう》にひきつってゴワゴワになった肌《はだ》、ひびが入って今にももげそうな爪《つめ》、そんな手にふれて、ギョッとされるのがいやだったからだ。

あとずさりするあたしの腕《うで》を、アイザックは両手でつかみ、顔をよせて聞いた。

「何があったんだ？　ズィー」

そういわれても、すぐには答えられない。やっと出てきた声には、自分でもおどろくほど苦々しさがこもっていた。

「あいつらが母さんを殺して、家を焼いたんだよ」

「だれが?!」

あたしは首をふった。

「よく見えなかった。でも、イギリス兵じゃない。この土地をよく知ってる者。ひとりがあたしを追っかけてきた」

ああ、アイザックがいっしょにきてくれたら！ そしたら、あたしはひとりぼっちじゃなくなるのに。

アイザックがそっと、あたしの頭巾《ずきん》をなおした。

「おれの家に逃《に》げこもうとは思わなかったのかい？」

「あんたの家族は、カナダに行ったんだよ。アミーがそういったもの」

「カナダ！」アイザックが悲痛な声を上げた。「カナダに！」それから、少し落ち着いていった。「じゃあ、きみは兄さんをさがそうとしてるのか？」

あたしはだまってうなずいた。

「このことだけは、約束する、ズィー」この声からすると、涙《なみだ》をこらえてる？「この戦いは、いずれ終わる。たぶん一年以内に終わるだろう。もちろん、王党派が勝つ。それは、わかるよな。そしたら、おれたちはまたもどって、きみの家を建てなおすよ。そして、いつか、いつか……」

いつか……。

突然《とつぜん》、怒《いか》りがこみあげてきた。

「あたし、何もかも失くしたんだよ」あたしはむざんな両手をアイザックにつきつけた。「こんなことされて、それでも国王の臣下として暮らせって？　いやよ！　あたしは戦う。父さんや兄さんたちといっしょに。まちがえないで、アイザック、勝つのはあたしたちよ。だって、どうしても勝たなきゃならないからよ！」

アイザックの返事を待たずに、彼《かれ》の横をかけぬけて行こうとしたが、立ち止まってふりむいた。

「家は焼かれたけど、土地はある。それだけは、絶対にわたさないから」

17 川

北への道は遠かった。

森をいくつもぬけて歩くうち、どの日がどの日だかも、何日たったか、何週間たったのかもわからなくなった。

日曜の礼拝もなければ、チーズ作りの日もない。月曜の洗濯日《せんたくび》もやってこない。木と、木の根と、石ころだけの日々だった。

でも、時間の経過はわかった。木の葉の重なりをすかして、太陽の位置がわかったからだ。

東の方向に、朝日が射しはじめる。家にいれば、鶏《にわとり》を小屋からだしてやる時間だ。足元で地面をつつく鶏《にわとり》たちに話しかけながら、まいてやるトウモロコシが、朝日を浴びて黄金色の弧《こ》を描《えが》くときだ。

太陽が頭上にきて、頭巾《ずきん》を暖めるころになると、チーズをテーブルにだし、かたくなったパンを炉《ろ》の火であぶっていた時間を思いだす。

日曜の昼は、ときどき鶏《にわとり》をつぶしてごちそうにした。そのあとは、家からぬけだして、丸太を割った柵《さく》の横木によりかかり、アイザックとおしゃべりする時間だった。

アイザックのことは考えたくない。

あたしは、父さんが地図に描《か》いてくれた少し大きな川に沿って歩いた。木イチゴを見つけるたび、口に入れて空腹をしのいだが、おなかがいっぱいになったためしはない。

そのあとは、寝《ね》るだけ。目が覚めたとき、たまにふと、アイザックのことを思いだす。あたしは自分にいいきかせた。もう二度と会うことはないんだと。

実際、それはほんとうなのだ。戦争が終わって、あたしたちの側が勝てば、アイザックは山脈をたどって東へ行き、湖をまわって、カナダに行ってしまうのだから。

そして、きつい物言いのパッチンのおばさんや、やさしいおじさん、それにアミーといっしょに暮らすのだ。

ああ、アミー。

きっとアイザックは、近所の女の子を見つけて、あたしみたいに抱《かか》え上げ、毒ヘビから救ってやるだろう。丸太を割った横木にいっしょに腰《こし》かけて、おしゃべりするのだろう。どうぞ、ご勝手に！　アイザックなんか、イギリス国王の家来になって暮らすようなバカな娘《むすめ》といっしょになればいいんだ。

太陽が沈《しず》むと、さびしくてしかたがない。

でも、ぼんやりするひまはない。寝《ね》る場所をさがさなくてはならないからだ。あたしからはすべてが見わたせて、まわりからはあたしが見えない場所、安全な場所を。

その夜は、虫の鳴き声がにぎやかな暖かい夜で、それほどさびしくはなかった。

あたしは、サトウカエデの木の下に横になった。重ねばきしたスカートの一枚を頭のほうまで引き上げて、まくらにし、コオロギのかん高い声やカエルの鳴き交わす声、太くやわらかいフクロウの声を聞きながら、体を丸めていた。

もうデイトン砦《とりで》の近くまできているはずだ。土地の起伏《きふく》が、これまでよりずっとなだらかになっている。でも、どうやってその砦《とりで》を見つければいいのだろう？

寝《ね》たまま、父さんの地図を引っ張りだした。もう暗くて、描《えが》かれた線は見えなかったが、こわばってうごかない両手に地図をはさみもってるだけで、気持ちが少し安らぐ。眠《ねむ》りに落ちる前に考えた。このまま進めば、さらに大きなモホーク川につきあたるはず。それまで、デイトン砦《とりで》のことはあれこれ考えないことにしよう。

朝がきて、まぶたに朝日が射した。

数時間後、予想していたとおり、あたしは川に着いた。家のそばを流れていたビッグ・フィッシュ・ウォーターと変わらないくらいの川だろうと思っていたが、ずっと大きく、川幅《かわはば》も広い。

ちょうど、平底の船が、つらなって岸近くを通りすぎていた。甲板《かんぱん》に立っている男の顔が見えるほど、近い。波をかきたて、白いすじを残して進む船が四そう。もしかしたら、もう一そう、すでに通りすぎた船があるのかもしれない。

木立ちにかくれたまま見ていると、最後の一そうが、ちょうど目の前までやってきた。たくさんの布袋《ぬのぶくろ》がすきまなく積まれた甲板《かんぱん》に、黒光りする大砲《たいほう》が一門、ぶかっこうなすがたをさらしている。

いったい、どっちの船なんだろう？　あたしたち愛国派の船なのか？　それとも王党派のか？

判断がつかないまま、あたしは木のうしろでじれていた。味方の船なら声をかけられるのに。声をかけて、デイトン砦《とりで》がどっちにあるか、聞けるのに。

ああ、船が通りすぎる。砦《とりで》の方角を聞くチャンスが逃《に》げていく。

あたしは思い切って木のかげからとびだすと、スカートをたくしあげ、土手をすべりおりた。川辺のとがった小石もかまわず、水際まで走り出て叫《さけ》んだ。

「おしえてー！」

甲板《かんぱん》の男たちは、向こう向きになって川面を見下ろしたまま、顔をあげなかった。

あたしは両手を頭の上でふりまわし、もう一度叫《さけ》んだ。

すると、男のひとりがこちらにふりむいた。帽子《ぼうし》の下からはみだした金色の髪《かみ》が見える。船の手すりから身を乗りだし、いったい何事だ？という顔でこちらを見ている。

「デイトン砦《とりで》は、どっち？」とあたしは叫《さけ》んだ。

男は手を上げて指ししめしながら、大声でこたえた。

「小舟《こぶね》を見つけて、川をわたれ。北へ。そうすればデイトンへ行ける」

船がどんどん遠くなる。男は両手を口の両側にあてててどなった。

「おれたちは、スタンウィックス砦《とりで》に食糧《しょくりょう》を運んでる！　セントレジャー大佐《たいさ》と戦っている、わが軍を助けるためにな！」

その船が小さな点になるまで、あたしは船とその男を見ながら思いだそうとしていた。セントレジャー……、そうだ、アイルランド人でイギリス軍の大佐《たいさ》。アメリカの植民地を分断するためにやってきた男だ。

あらためて恐《おそ》ろしくなった。父さんやジョンに近づいたということは、それだけ戦場にも近づいたということ。

恐《おそ》れをふりきるように、あたしは小舟《こぶね》をさがしにかけだした。

18　ハリー

車は、砂利道にとまった。

エリザベスはフロントガラスごしに家をながめた。赤い屋根の家は、壁《かべ》のペンキがほとんどはげている。だが、家の前には小川が流れていて、春の陽にキラキラ輝《かがや》いていた。

リビーがエンジンを切った。

「古い家でしょ。二十世紀初頭に建ったの」

ポーチに人が出てきた。

あれがハリー？

その男にじっと見つめられながら、エリザベスとリビーは、家の横に不規則に植えられたリンゴの木の間を歩いていった。

男はつまようじのようにやせていて、頭はほとんどはげあがっていた。意外な訪問客を迎《むか》え、おどろきをかくせないでいる。

リビーが片手をかざして声をかけた。

「ハリー、わたしよ。リビーよ」

リビーの声は、あまりにもひかえめで、ハリーに聞こえたかどうかわからないほどだ。

リビーの首筋が耳まで真っ赤になっているのが、うしろから見える。

そうか。リビーは、ほんとはここにきたくなかったんだ。リビーがこんなことをしているのは、ただわたしのためなんだ。

エリザベスは、さらに近づいてハリーに顔を向けたが、ポーチに上がるよう声をかけてくれるようすはない。ハリーが二言三言しゃべったが、まったく聞きとれなかった。

リビーは、ハリーにおかまいなしに、どんどん玄関《げんかん》ステップを上がっていった。そして、ポーチに並んでいる揺《ゆ》りイスのひとつに、さっさとすわってしまった。

てのひらで顔をあおぎながら、リビーがいう。

「暖かいわ。まるで夏みたいね」

エリザベスも、思い切ってハリーのわきをぬけ、揺《ゆ》りイスのひとつにすわった。

リビーが訪問の目的を話しだしたが、つっかえたり、もどったりで、なかなか要領を得ない。それでも、リビーは一生懸命《いっしょうけんめい》伝えようとしている。思ったことをただそのまま話せ。パパなら、きっとイライラしながらそういうだろうな。

エリザベスはほほえみをかくしきれなかった。こんな愛すべきリビーから、どうして離《はな》れられるだろう？

揺《ゆ》りイスをきしらせながら、目の前の野原をながめた。野原はなだらかに川のほうへつづき、川面はまるでダイヤモンドのように日の光にきらめいている。

ズィーもここを歩いたの？

この野原で作物を育てたの？

それとも、ここにはうっそうと木が繁《しげ》っていて、木の実や野イチゴをとったのだろうか？　そして、その木々も、とうに倒《たお》れて土になってしまった？

あの火事の跡《あと》はどうなったのだろう？

スーッとツバメがとんできて、エリザベスの頭上の軒下《のきした》に入った。そこに泥《どろ》で巣を作っているのだ。

不思議だ。どうしてツバメにそんなことができるんだろう？　小さなくちばしにわずかな泥《どろ》をくわえて行ったりきたりする間に、泥《どろ》がかわききってしまわないのはなぜだろう？

「鳥が好きなのか？」パイプをいじっていたハリーが、リビーの話の途中《とちゅう》で、いきなり聞いた。

エリザベスはうなずいた。

「おまえさんがた、ふたりとも、こんなところまではるばるやってくるよりほかに、やることはなかったのか？」

そのいいかたにカッとなって、車にもどってしまおうと揺《ゆ》りイスから立ち上がりかけたときだ。

遠くの山の頂が目に入り、エリザベスはハッとした。霧《きり》をまとった三つの頂。ズィーの山だ。

何かを知っているというのは、なんてわくわくするんだろう。世界じゅうのだれひとり知らないことを知っているというのは。

ズィーもここから、あの三つの山を見たにちがいない。今、自分が見上げているように、ズィーもこうやってあの頂を見上げたのだろうか?

エリザベスが思わず声を上げ、片手を宙に浮《う》かしたので、ハリーがいぶかしげな目を向けた。

「なんだ?」

「ただの咳払《せきばら》い」とエリザベスはハリーを見かえした。

リビーがふたたび話しだす。

「エリザベスは、ここの歴史に興味を持ってるの。そして、わたしもだけれど、ここに住んでたわたしたちの祖先について、あなたから話を聞きたいと思ってるのよ」

「おれは三十五年間も学校で歴史をおしえてきたんだぞ。もう一分だってごめんだ。それがわからんほど、おまえさんもバカじゃなかろう」

リビーがゆっくりと揺《ゆ》りイスを揺《ゆ》すっていった。

「うちにズィーのスケッチがあるの」

ハリーが揺《ゆ》りイスの中でかたまった。パイプの火皿を持ったまま。

エリザベスは、ハリーとリビーの顔を交互《こうご》に見た。

このふたりは、思ったより親しいらしい。しかも、それ以上に何かがある。

きっとリビーは知っているのだ。ハリーもズィーに興味があることを。

だって、ハリーは「ズィーってだれだ?」とは聞かなかった。「ズィーのことなんか、知るか」ともいわなかった。

やっと口をきいたハリーの声から、抑《おさ》え切れない興奮がうかがえた。

「スケッチがあるなんて、いわなかったじゃないか」

ハリーはズィーのスケッチを見たがっている。死ぬほど見たがっている。

「祖先の歴史のこと、少しは知ってるんでしょ?」とリビーが聞いた。

「大して思いだせないけどな」とハリーがこたえる。

そして、おどろいたことに、ハリーとリビーのどちらも、必死でほほえみをかくそうとしているのだ。

エリザベスは、二、三度揺《ゆ》りイスを揺《ゆ》すってから、ふたりのやりとりに口をはさんだ。

「スケッチの裏に地図が描《か》いてあるの」

ハリーとリビーが、同時にエリザベスのほうへふりむいた。

「どこへ行くための地図だ？」ハリーがすぐにそう聞いて、返事を待たずにひとりでつづけた。「たぶん、デイトン砦《とりで》か、それとも、スタンウィックス砦《とりで》かだろう？　たしか、昔、親戚《しんせき》のだれかがいってな。ズィーはそのあたりの戦闘《せんとう》に巻きこまれたって。たしか、そんなことを……」

ハリーの視線は遠くへ泳いだ。

エリザベスはだまって目を閉じて、揺《ゆ》りイスを揺《ゆ》すっていたが、頭の中では、デイトン砦《とりで》、スタンウィックス砦《とりで》の名前を必死で覚えようとしていた。はじめて聞く地名だ。

「わかったよ。少し歩くとするか」

ハリーが立ち上がった。玄関《げんかん》のステップをドカドカとおりていく。ふたりがついてくるかどうかなど、知らんぷりだ。

リビーがエリザベスの背中を軽く押《お》してささやいた。

「わたしの役目は終わったわ。さ、行って。彼《かれ》、あなたにいろいろおしえるつもりよ」

エリザベスが追いつくと、ハリーは川を指さした。

「当時の開拓民《かいたくみん》は、川船でここまできたんだ。所帯道具を持って家族全員が移動するには、船しかなかった。陸路は険しすぎて、森や林をぬけるのは、ほとんど不可能だったからな」そこまで話して、ハリーはエリザベスにふりむいた。「ところで、おまえさんの名前はなんといった？」

「メリッサ」エリザベスは、ハリーを試すつもりでそういった。

「からかうんじゃない。たしか……」

「フランチェスカ」

ハリーが鼻を鳴らして話を進めた。

「ここに着いた開拓民《かいたくみん》は、木を切り倒《たお》して平地を作り、その木で小屋を建てた。たぶん部屋はひとつきり、はしごで屋根裏へ上がるような丸太小屋だ」

ふたりは家の裏へまわった。

「おれは、このあたりの歴史を書いた本を読んだんだが、その一冊には、王党派が愛国派の家を焼いてまわったことが、くわしく書かれていた。ズィーの家もそんな家のひとつで、完全に焼きつくされた。ズィーの母親は殺された」

ハリーはかがむと、指で地面を引っかいていたが、すぐに小さなかけらを掘《ほ》りだしてみせた。セメントかモルタルだろうか、ただのかわいた土くれのようにも見える。

「この敷地《しきち》のあちこちから、こんなものが出る。煙突《えんとつ》だ。ここにあったのが、すっかり土と草におおわれているんだ」

エリザベスはしゃがんで、地面に手を広げ、土に埋《う》まった無数のかけらをそっとたたいた。

「煙突《えんとつ》……。二百年もたって、わたしたち、ズィーの煙突《えんとつ》のかけらにふれてるのね」

「おそらくな」

「冬の間、ズィーを温めてくれた暖炉《だんろ》の煙突《えんとつ》……。川に行くズィーがふりかえれば、いつも煙《けむり》を上げていて……、パンの焼けるにおいや、肉の煮《に》えるにおいを運んだ煙突《えんとつ》……」エリザベスには、その光景が目に見えるようだった。

思わずハリーと顔を見合わせると、ハリーの目も輝《かがや》いている。

「ありがとう、ハリー」エリザベスはほほえみながら、素直にいった。

ほほえみかえしたハリーの顔は、さっきまでとは別人のようだ。このハリーのことも知りたいと、エリザベスは思った。

ハリーが立ち上がって腰《こし》をのばした。

「当時の人々が、ほら穴にものをかくしたという話もある。愛国派が王党派から逃《に》げるときに。ズィーもたぶんそうしたのかもしれんが」とハリーが肩《かた》をすくめた。「だが、もう何年もこのあたりは調査されてるんだ。あっちの道、こっちの道とな。今さら何か見つけようなんて、バカげてる」

ハリーがそういって、エリザベスに顔を向けた。

輪郭《りんかく》のぼやけた瞳《ひとみ》。目じりには深いしわが放射線状に広がっている。

「じつは、おれ自身も、わかいころ、さがしたんだ」

「でも、わかんないわ。ひょっとしたら、わたしたち、何か見つけるかも」

ハリーは首をふった。

「むりだな。だが、何がズィーに起こったかについちゃ、わかるかもしれん。それが、おれたちのほんとうに知りたいことじゃないのかね？」

おれたち？

「ええ、そうよ」

ハリーといっしょに、あの地図をたどろう。ズィーがどこに向かい、どこに着いたか、わかるはずだ。

エリザベスは、空中に指で三つの三角形を描《えが》いて、前方の山を指さした。

「地図は、あそこから始まってるの」

「ほう」ハリーが山の頂を見つめる。「もうすぐ、夏だな」

これって、招待してるみたいに聞こえるけど。

いや、これは、まさしく招待だ。

そう思ったとたん、エリザベスは思いだした。夏にはもういない。リビーの家には。

エリザベスは川岸まで歩いていくと、小石を拾った。ズィーもこんなことをやったんだろうか。

小石は手の中ですべすべと心地よかった。

この石は、何千年も前に、山から砕《くだ》けて転がり落ちたのだ。それから川を転がり、転がりつづけて、今ここにある。

そして、これからは、ずっとわたしの手元にあるんだ。

19　デイトン砦《とりで》

小舟《こぶね》はすぐに見つかったが、見るからにオンボロだ。

船端《ふなばた》には小さな穴がいくつもあいていて、船底にはきたない水がたまっている。

これじゃ、川に浮《う》かべたとたん、水が入ってくるだろう。ずっと前から、打ち捨てられてたにちがいない。

思うように手がうごかないので、長い間かかって、やっとヤナギの木に結ばれたロープをほどいた。でも、こんな曲がりもしない指で、どうやってオールをこぐことができるだろう。

だが、とにかくやるしかない。向こう岸はここから見えているから、そう長くはかからないはずだ。

それに、晴れているし、風もない。流れはおだやかだ。たとえ、小舟《こぶね》が浸水《しんすい》して腰《こし》まで水につかろうと、あそこまでくらいなんとか行きつけるだろう。だって、あたしは、とにかくここまで来られたんだから。

川のそばで夜をすごし、つぎの朝まだ早いうちに、その舟《ふね》で川をわたりはじめた。ところが、片手に力が入りすぎたせいか、舟《ふね》はまっすぐ進まず、グルグルまわりだした。そのうち今度は、そちらの手がつかれたせいで、反対の方向にまわりだした。

だが、必死でこぐうち、とうとう舟《ふね》は向こう岸、川の北側にたどりついた。上陸して舟《ふね》をひと押《お》しすると、舟《ふね》はグラグラ揺《ゆ》れながら、川下へ流れていった。

ハッと気がつくと、うしろからガラガラと馬車の音が聞こえてくる。馬のひづめやムチの音もせまってくる。あたしはすぐ林にかくれるつもりで、ふりむいた。

馬にムチをふるっていたのは女の人だった。頭巾《ずきん》は斜《なな》めにずりおち、うしろの荷車に幼い子どもを三人乗せている。女の人はあたしのすぐそばに馬車をつけた。

「何やってんの！　こんなところに子どもひとりで。どうして砦《とりで》の中に入らなかったの?!」女性の顔は恐怖《きょうふ》で引きつっている。「早く乗りな。つれてってやるから。ほら、急いで。砦《とりで》にたどりつかなきゃならないんだよ、イギリス兵がくる前に」

あたしはスカートを引き上げると、車輪に足をかけてよじのぼり、その人のとなりにすわった。

女の人は、あたしが礼をいう間もなく馬にムチをあて、馬車はわだちだらけの道を大きく傾《かたむ》きながら走りだした。

「デイトン砦《とりで》に？」全速力で走る荷馬車の音に負けじと、あたしは大声で聞いた。

女の人はうなずいて、ふるえのとまらない口でこういった。

「すぐにも、カナダのほうからバーゴイン将軍がイギリス軍を率いてやってくる。イロコイ族を引きつれたジョーゼフ・ブラントは東から攻《せ》めてくる。そのうえ、セントレジャー大佐《たいさ》がスタンウィックス砦《とりで》をとりかこもうと進軍してきてる。砦《とりで》に立てこもってる愛国派を飢《う》え死《じ》にさせるつもりなんだよ」

荷馬車ははげしく揺《ゆ》れ、車輪がはずれそうなほどガタガタ大きな音をたてた。

女の人は緊張《きんちょう》と興奮で真っ赤な顔をし、手綱《たづな》を持つ手もブルブルふるえている。でも、あたしはそこまで度を失ってはいない。

母さんも亡くしたし、家も失った。何もかもなくしてしまったのだ。今の望みはただ、父さんとジョンに会うことだけ……。そう思ったとたん、ふと浮《う》かんできたアイザックの顔を、あたしはむりやり頭から追い払《はら》った。

でも、父さんたちに会ったとき、最初に伝えなくちゃならないのは最悪の知らせ、母さんのことだ。

片時も休まずはたらいていたのに、いつもおだやかだった母さん。うつむいたあたしの目に、むざんに変形した自分の手がうつり、母さんのやさしい手が思いだされた。みなし子の子猫《こねこ》をなでながら、牛乳を布にふくませて飲ませようとしていた母さんの手が。

「この子はきっと生きのびるわ。こんなにがんこ者なんですもの」母さんがそういって顔を上げると、いつも恐《こわ》い顔をしている父さんの目がやさしくなった。父さんをほほえませたのは、子猫《こねこ》のかわいらしい顔じゃない。母さんへの愛情だ。

荷馬車は方向を変え、大きな川から支流に沿って走りだした。

道はますますひどくなる。おおいかぶさった木の枝が、あたしたちの顔にバシバシ当たる。

それでも、女の人は、なんとしてもあたしたちを砦《とりで》まで届けようと、腰《こし》が浮《う》くほど前のめりになって、容赦《ようしゃ》なく馬にムチをふるった。うしろで赤ん坊《ぼう》が泣き叫《さけ》んでいるのも聞こえていないのだろう。

あたしは、ふりむいて赤ん坊《ぼう》をなぐさめようとしたが、あたしのやけどの手を見たとたん、その子はますますはげしく泣きだしてしまった。

とうとう、ムチの先に砦《とりで》が見えた。女の人はやっと息をついて、少しだけ落ち着きをとりもどした。口に泡《あわ》を吹《ふ》き死にものぐるいでかけていた馬も、足をゆるめた。

あたしは急に鼓動《こどう》が速くなった。目の前に、父さんとジョンの顔が浮《う》かんできたのだ。思わず自分の手に目が行った。

この手も少しはつかえるようになったが、こんなありさまを父さんたちに見せたくない。せめて泥《どろ》だらけの足だけでも、川で洗ってくればよかった。

女の人が大声で呼ぶと、砦《とりで》の門がサッとあいた。女の人は最後にもう一度、今までよりずっとやさしくムチをふるった。馬は、門番に見守られながら、つかれきった体を前に進めた。

砦《とりで》の中は大混乱だった。あっちにもこっちにも、女たちが赤ん坊《ぼう》を抱《だ》いて地面にすわりこんでいる。砦《とりで》の中央にある教会に、人がせわしなく出入りしている。男たちはみんな急ぎ足で、何かを運んだり、集まったりしている。

荷馬車からおりて、あたしは礼をいおうとしたが、女の人は、ほとんど顔も向けずにつぶやいた。

「ここだって、安全かどうか」

あたしは、走りまわった。砦《とりで》の中のすべての男の顔を、ひとつひとつたしかめながら。石造りの教会のまわりをさがし、入口からのぞき、中へ入ってさがした。

「父さん！　ジョン！」

だが、そこここで赤ん坊《ぼう》が泣き叫《さけ》び、男たちがどなるように話し、だれかれが聞きなれないことばで歌っているこんな喧騒《けんそう》の中で、だれにあたしの声が聞こえるだろう？

砦《とりで》を囲む丸太の塀《へい》に沿って歩きながら、ふと思った。今、ようやく、たどりついたのだ。何日も、何週間も歩きもとめてきた安全な場所に。

あたしは、太陽の暖かさをしみじみと感じた。もう夕方近いのに日射しは暖かく、ほんとうにひさしぶりにホッとした。

そのとたん、一度に涙《なみだ》がこみあげてきた。

あたしは、あれからはじめて泣いた。

母さんを呼びながら泣き、アイザック、アミーの名前を呼んで、大声で泣いた。

やさしいパッチンのおじさんには、もちろん、愛想の悪かったおばさんにさえ、会いたい。

思わず顔をおおうと、両手の引きつった皮膚《ひふ》がガザガザと頬《ほお》をこすった。あたしは失った自分の手のことを思い出し、さらに泣き声を張り上げた。

あたしの鶏《にわとり》、焼け落ちた鶏《とり》小屋、あたしたちの家。行方の知れない猫《ねこ》のルーシーを思って、泣いて泣いて泣きつづけた。

そのとき、ふいに、うしろから抱《だ》きすくめられた。ささやき声が、耳元であたしを呼んだ。

「ズィー！」

20　地図

「なんでこんなことになっちゃったの？　あんな人つれてきちゃって、いったいどうしたらいいの？」リビーがハンドルをにぎって、ブツブツいっている。

エリザベスは、助手席からうしろをふりむいた。よごれた青い小型トラックが、車のあとからついてきている。運転席にいるのは、ハリー。

「家の中はちらかってるし、客用の寝室《しんしつ》は、ベッドにものが山積みになって……」リビーはそこで口をつぐんだ。

エリザベスは、しまったと思った。ものを山積みにしたのは、自分だ。でも、リビーだって、エリザベスがきたばかりのころにくらべると、ずいぶんだらしなくなっている。

「冷蔵庫に、食べられるようなものはなんにもなかったし」とリビーがまたいいだした。

エリザベスは、リビーのすべすべした手にさわっていった。

「ハリーは、気にしないわよ」

リビーが神経質なしぐさで、のどに手をやった。

「どうせハリーは、わたしの料理がまずいって知ってるわけだけど。実際、わたしに向かってそういったんだから」

エリザベスは、リビーを横目で見ていった。

「ハリーこそ、生まれてこのかた、まともな食事なんて一度だってとってないんじゃない？」

ハリーは、リビーの車庫の前に車をとめるとすぐ、軽やかな足どりでやってきた。そして、古ぼけた本をエリザベスにさしだした。

「興味があるんじゃないかと思ってな」

それから、リビーとエリザベスにつづいて玄関《げんかん》に入り、ズィーの絵の前に立った。背中で両手をにぎりしめ、絵に顔を近づけた。

「ズィー……」とため息まじりにいうと、額を壁《かべ》からはずした。

「何するの？」リビーがあわてて聞く。

額をもったまま、めがねごしにハリーがリビーを見た。

「リビー、おれがこれを傷つけたりすると思うか？」

リビーが頭をふり、肩《かた》の力をぬいた。

そこで、エリザベスは台所に入って、額縁《がくぶち》をはずせるような器具をさがした。はずさないと、裏の地図は見せられない。

ハリーは、額を持って食堂に入っていくと、さっそく額縁《がくぶち》の裏側の小さいくぎをはずしにかかった。

「四十年間、ズィーをさがしつづけてたっていうのに、ずうっとリビーの玄関《げんかん》にかくれていたとはな」それから、エリザベスの顔をチラッと見てつづけた。「しかし、よく似とるもんだ。血筋ってのは、おそろしいもんだな」

エリザベスも、それは心底感じる。二百年もさかのぼる血筋があるのだ。自分とズィーとをつなぐ血縁《けつえん》。それは、リビーともつながり、この口の悪いハリーとも、そして母さんともつながっている。

わたしの居場所はここにある。それなのに、どうしてここを離《はな》れなきゃならないの？

できないよ！

考えまいとするのに、どうしても父親の顔が浮《う》かんでくる。

「ちょっとごめんなさい」

急いで階段をかけあがり、部屋に入った。あわてて閉めたドアによりかかり、何度も深呼吸する。

と、すぐに、リビーがドアの外からささやいた。

「エリザベス」

「すぐおりていく」エリザベスはつとめてふつうの声をだしたつもりだったが、涙声《なみだごえ》に気づかれたようだ。

「エリザベス、ちょっと入れてちょうだい」

しかたなくドアからどいた。

リビーは、部屋に一歩入ると、やせた長い腕《うで》をエリザベスの肩《かた》にまわした。

「わかってるわ。わたしも同じ気持ちよ」

そうしたまま、二、三分もいただろうか。とうとうリビーが口を開いた。

「おっと、ハリーのこと、わすれてたわ」それから、ちょっとほほえんだ。「それに、夕食もなんとかしなくちゃね」

階下では、ハリーが首尾《しゅび》よく額縁《がくぶち》をはずしおえて、ズィーのスケッチの裏を見ていた。

「こりゃ、また、どうだ」

ハリーは、そこに描《えが》かれた山や、くねくねした線を指さし、それから、顔を上げていった。

「エリザベス、外のトラックまで行ってくれんか？　中に地図があったと思うんだ」

ハリーのトラックの中で、エリザベスは、ちらばった本や、何年も転がっているらしい食べかけのチョコバーや、一セント玉をどかしながらさがしまわって、やっとダッシュボードの中にしわくちゃの地図を見つけた。

食卓《しょくたく》にその地図を広げ、ハリーがボールペンでズィーの通った道を書き入れていく。

「ほら、エリザベス、な？　こうだろ？」

まず、三つの山。ズィーの山だ。

それから、ハリーはデラウェア川、キャッツキル山脈と次々に指ししめした。

「これがサスケハナ川だ。モホーク川に向かって流れている」それから、ペンで丸をつけた。「そして、このモホーク川の対岸の、ここにあるのが、デイトン砦《とりで》だ」

「でも、ここには何も……」

「砦《とりで》自体は、もうない。だが、ズィーの地図から明らかに、ズィーが行ったのはここだ。それは何がなんでもたしかだ」ハリーは顔を上げてくりかえした。「そうとも、デイトン砦《とりで》だ」ハリーの指は、そこからモホーク川をたどった。「ここがオリスカニー。おれの考えでは、ズィーはここにきた」

オリスカニー？　エリザベスは頭をかしげた。ハリーがため息をついた。

「聞いたことがないのか？　だれだって、知っとかにゃならん。独立戦争の中で、一番血なまぐさい戦いがあった場所だ。ハーキマー率いる愛国派はデイトン砦《とりで》を出て、スタンウィックス砦《とりで》へ救援《きゅうえん》に向かったんだ」

台所から肉を焼くにおいがただよってきた。リビーは、肉をカチカチになるまで焼くから、できあがるまで、まだ当分かかるだろう。

すると、リビーが呼んだ。

「エリザベス、テーブルをセットしてくれる?」

ハリーがすぐに、エリザベスの代わりに返事をした。

「できん。今いそがしいんだ」

台所から、リビーの笑い声が聞こえてきた。

「それは失礼しました!」

ハリーが、エリザベスに話をつづける。

「一方、セントレジャー陸軍大佐《たいさ》は、イギリス軍を率いてカナダからやってきた。道々、王党派の連中とイロコイ族を集めてな。何がなんでもスタンウィックス砦《とりで》を落とそうという勢いだ」

ズィーは?

ズィーがそのときどこにいたのかを、エリザベスは知りたいのだ。

しかし、ハリーはどんどん話を進めた。

「われわれ愛国派のほうは、よせあつめだ。兵士といっても、たいていは農民だ。インディアンのオネイダ族は愛国派側だったが、そのほかの部族はイギリス軍のほうについていた。愛国派が勝利したのは、まさに奇跡《きせき》だった」

　ハリーはまた地図にもどった。

「愛国派のハーキマー将軍は、このデイトン砦《とりで》から八百人の兵をつれて、モホーク川沿いに、ここスタンウィックス砦《とりで》に向かっていた。それが悲劇に向かう進軍とも知らずに。ジョーゼフ・ブラント率いるイロコイ族が、途中《とちゅう》のオリスカニーの峡谷《きょうこく》で待ちぶせしていたんだ」ハリーが目を閉じた。「その谷間は川にえぐられた深い渓谷《けいこく》で、細い道が一本あるきりだ。そこで、愛国軍は包囲されてしまったんだ」

　エリザベスの体にふるえが走った。

「その場所につれてってやるよ。そこで愛国派の半分以上が、とりかこまれたと気づく間もなく、殺された。斧《おの》でたたっきられる。頭の皮をはがれる。銃剣《じゅうけん》で刺《さ》し殺される。恐《おそ》ろしい戦いだ。その苦痛、流血たるや、まったく……。はじめてその谷を見たとき、おれは泣いたよ。おとなのおれが、一人前の男のおれがだ。しかし、愛国派のなんたる決意だ！彼《かれ》らはなんとしても、この国を建国しなければならなかったんだ」

　エリザベスは、胸が詰《つ》まって泣きそうになった。

だが、そのとき、入口にリビーが現われた。

「夕食の用意ができたわよ」

食卓《しょくたく》には、地図が広げられているうえ、額やズィーのスケッチものっている。

「じゃあ、台所で食べましょうか」

ハリーが、リビーを見てほほえんだ。いかにもうれしそうだ。しかも、ハリーは食事中も愛想がよかった。生焼けのローストビーフをほめたりしている。エリザベスの向かい側で食べながら、ふと何か考えているようだったが、突然《とつぜん》、フォークを置いた。

「ひょっとしたら……」

ナプキンをはずしてテーブルに放り投げると、食堂のほうへもどっていった。

エリザベスも、ハリーを追って、食卓《しょくたく》の地図にふたりで見入った。

「このすみの印なんだが、以前にも見たことがあるんだ」とハリーがいった。

「どこで？」エリザベスは、そこに描《えが》かれた棒を三本しばったような印を見ながらたずねた。

「それが思いだせん。だが、心配するな。思いだしてみせる。エリザベス、約束する。それから、あすは、オリスカニーに行こう。その場所を見せてやるよ。そんな戦いが実際におこなわれた場所をな」

「でも、もう、あたし、いないの。ここには」泣くまいとして、エリザベスはゆっくりとそういった。

「あす、お父さんが迎《むか》えにくることになってるのよ」と、いつのまにかきていたリビーが代わりにつづけた。

「帰ることはないさ、もちろん。電話でそういうんだ、父親に。バカバカしい。あす、エリザベスはオリスカニーに行くんだ」

エリザベスはリビーを見た。

できるの？　そんなこと。

ハリーが心を読んだようにいった。

「できるとも。あすはオリスカニーだ。何がなんでも、行くんだ」

エリザベスは、リビーと顔を見合わせてほほえんだ。

「そうよね」とリビー。

「そうよね」エリザベスはふたりを抱《だ》きしめたいほどうれしかった。

父親に電話をかけ、オリスカニーに行っていいかとたずねると、即座《そくざ》にゆるしてくれた。

が、その声はやはり不自然だった。わかる。がっかりしたんだ。パパはわたしに会いたがっている。

ハリーが貸してくれた独立戦争の本を読みながら、エリザベスは眠《ねむ》りについた。家に帰って、台所のテーブルで、ここでのこんなことを父親に全部話しているところを思い浮《う》かべながら。

21 出発

泣いても泣いても止まらなかった。

大きな手で肩《かた》を抱《だ》かれたまま、あたしは目もあかないほど泣きじゃくった。

砦《とりで》の中はひどい暑さだった。

あたりには、馬と馬糞《まぐそ》のにおい、料理の、とりわけ腐《くさ》りかけた肉を焼くにおいが立ちこめ、息もできないほどだ。

それに、ものすごい騒音《そうおん》！　人々は大声で叫《さけ》び合い、せわしなく行きかっている。鶏《にわとり》はうろつきながら絶え間なく鳴いているし、豚《ぶた》の鳴き声、さらに大きな牛の鳴き声、とにかくあらゆる声と音で頭がどうかなりそうなほどうるさい。

だが、そんな音のすべてが、そのときのあたしには、どこか遠くの、自分とは無関係のことのように思えた。

あたしは広い胸に頭をあずけて、わんわん泣いた。泣けることがこんなに幸せだとは思わなかった。安心して泣けることが、これほど幸せなことだとは！

でも、母さんと家のことを話さなくちゃならない。

とうとう、あたしは重い口を開いた。

「いわなきゃならないことが……」

「シーッ」

ホッとした。いつまでもだまってるわけにはいかないことはわかっている。でも、とにかく今すぐ話さなくてもいいのは、うれしかった。

すると、やはり「シーッ」といわれてうれしかった思い出がよみがえってきた。

ずっと昔のある夏の日、まだ小さかったジョンとあたしは、トウモロコシ畑の中にかくれていた。手で口をふさぎ、必死にわらいをこらえて。すぐそばを、クマのまねをした父さんが、トウモロコシをなぎたおしながら歩きすぎた……。

思い出にひたっている最中に、ふいに手をとられ、やけどでひきつった肌《はだ》をなでられた。

「どうしたんだ?!　ズィー」

父さんの声じゃない！　ジョンでもない！　あたしはおどろいて目をあけた。

「ミラー！」

ミラーが立ち上がった。

「もちろん、おれだよ」

あたしははずかしいのとがっかりしたのとで、頭に血がのぼった。

「なんでいわなかったのよ！　なんで、あんた……」

「なんでって、なんでおれだってわかんなかったんだい？」ミラーがきれいな歯を見せてほほえんだ。「でも、おっちょこちょいのズィーさんよ、いつものきみにもどったね」

「あっち行って！」とあたしはみじめな手をふっていったが、いったとたんに気がついた。実際にはミラーの助けが必要なのだ。

「ねえ、父さんとジョンは、どこ？」

まわりには何十人、いや何百人もの人たちがうごきまわっていた。みな知らない顔ばかりだ。ほとんどの人はジョンぐらいの年齢《ねんれい》だが、年をとった人たちもいる。髪《かみ》やひげに白《しら》髪《が》のまざった男の人たちや、しわだらけで顔色の悪い女の人たち。

戦うためにきた人たちと、あたしを乗せてくれた女性のように、王党派から逃《に》げてきた人たち。

そういえば、ミラーの兄、ジュリアンはどこにいるのだろう？

無意識にジュリアンの名を口にしたにちがいない。ミラーの顔が曇《くも》った。

「ジュリアンは、平底船で川をさかのぼっていったよ。スタンウィックス砦《とりで》に食糧《しょくりょう》を届けに。うまく着ければいいが」

「あたし、その船、見た」

あのとき、ジュリアンは、あたしのすぐそばを通ったのかもしれない。

ミラーがそっとあたしの手にさわった。

「いったい何があったんだ？　どうしてそんなかっこうしてるんだ？」

そんなかっこう？　このきたない頭巾《ずきん》や、やぶれてよごれたスカートのことをいってるんだ。よりによって、こんなかっこうを見られるなんて！

あたしは、くちびるを噛《か》んでいった。

「あたしのかっこうなんて、あんたに関係ないでしょ」

「関係ない？　見ればだれだって心配するさ」ミラーはそういうと、あたしの腕《うで》をとった。「さあ、さがしに行こう」

あたしはミラーの手をふりはらって、だまってあとにしたがった。

あたしたちは、子どもたちが走りまわり、人々が三々五々すわったり立ったりしているそばを歩きながら、ひとりひとりの顔を見てまわった。

ミラーがあたしをつついて、ひとりの男に目を向けさせた。樽《たる》のようにずんぐりした男だ。その人は、あたしを見ると深刻な顔でうなずいた。そばを通りすぎたあと、ミラーが小声でいった。

「あの人がハーキマー将軍さ。おれたちを指揮してくれる人だ。おれたち、早く戦いに行きたくて、うずうずしてるんだ」

そりゃそうだろう。ミラーとジュリアンの兄弟は、生まれたときから戦ってるもの。地面を転げまわり、服に小枝や泥《どろ》をくっつけて。

でも、それはわらいの絶えない遊び。この戦いは遊びではない。

イギリス軍は、今では、あたしにとっても敵だ。アミーとアイザックのことは、なかなか頭の中から追い出せなかったが、もう涙《なみだ》は出なかった。

砦《とりで》の真ん中で訓練している男たちのところへきたとき、あたしたちはついに見つけた！

父さんとジョンを。

ジョンが、あたしを見て隊列からとび出してくると、父さんもこちらに気がついて走ってきた。

だが、二、三メートル手前まできて、ふたりとも立ち止まった。まるで幽霊《ゆうれい》でも見るような顔であたしを見つめている。

ミラーが、あたしの背中を指で押《お》した。

あたしはカッとしてふりかえったが、つぎの瞬間《しゅんかん》、ミラーのことなんかわすれてしまった。

そうだ、母さんのことだ。母さんのことを話さなきゃ。それに、川のそばの家、あたしがねむっていた屋根裏、あの不機嫌《ふきげん》な猫《ねこ》、ルーシー。

その全部がなくなってしまったことを、話さなければ。

話しだそうと、思わず両手をさしだしすと、ふたりの顔がショックでゆがむのがわかった。

「じゃあ、母さんは亡くなったのか」父さんがやっといった。

「家が燃えて、母さんは戸口にいて、まわりに男の人が何人もいた。母さんがいったんだよ、あたしに、逃《に》げてって。走ってって。そのあと、ジェラードじいさんが母さんを埋《う》めてくれた」

ジョンがあたしの手にそっとさわった。くちびるがブルブルふるえている。父さんの顔は、見たことがないほどきびしかった。

「妻も……、妻の愛した家も、なくなってしまったか」それから、父さんはあたしの肩《かた》に大きな手を置いた。「ひとりでここまでできたのか？　そんなことができたのか？」

あたしはだまってうなずいた。

「こんな長い道のりを……」父さんはそこまでいうと、グッと歯をくいしばった。

あたしは父さんの目を見た。父さんが、このきびしい父さんが、涙《なみだ》をこらえてる？

「おとなの男にだって、できない旅だ」

そういって、父さんはあたしをギュッと抱《だ》いた。

そのあと、あたしは、焼いたトウモロコシと串刺《くしざ》しにした肉を腹がはちきれるほど食べさせてもらった。それから、つぎの日の遅《おそ》くまで、ずっとねむりとおした。

人々が走りまわる足音と男たちの叫《さけ》び声で、目が覚めた。

広場の真ん中にハーキマー将軍が立っていて、そのまわりに男たちが集まり大さわぎになっている。

「ついに、出陣《しゅつじん》だ！」ミラーが叫《さけ》んで、あたしの側をかけていった。

父さんもジョンも、将軍のまわりの集団に加わった。

将軍が宣言した。

「ついに、わがアメリカ軍は、スタンウィックス砦《とりで》に向けて、六十キロの進軍を開始する。セントレジャーのイギリス軍に包囲されたスタンウィックス砦《とりで》を、救いに行くのだ！」

出発間際に、父さんがあたしをギュッと抱《だ》いた。つづいて、ジョンが。

ミラーはあたしに近づいて、肩《かた》に手を置いていった。

「無事でな」つづけて何かいおうとしたようだったが、ただ首をふっただけだった。

それから、三人は行ってしまった。

でも、あたしは？

あたしは、またもや、父さんたちを失うことになるの？

いやだ！　そんなこと。

そうよ、あたしもいっしょに行こう。

でも、靴《くつ》がなくては。

旅のあいだに、石や枝を踏《ふ》んできた足の裏はずいぶんかたく強くなったとはいえ、兵隊たちについて歩くには、やっぱり靴《くつ》があったほうがいい。

そこで、あたしは靴《くつ》を盗《ぬす》むことにした。

大急ぎであちこち走りまわって、靴《くつ》をさがした。

でも、貴重な靴《くつ》を放ったらかしにするようなバカな人がいるだろうか？　しかも、ちょうどあたしの足に合うような靴《くつ》が、都合よく転がってるはずがない。

やっぱり、ありえないと思った矢先、そのありえないことが起こった。教会の石段の横に、一足の靴《くつ》が置かれていたのだ。少し大きいが、用は足りそうだ。

あたしはサッとその靴《くつ》をとると、ショールの下にかくした。そして、戦いからもどったら、かならずかえそうと自分に約束しながら、走ってその場を離《はな》れた。

戦いに向かう男たちが、長い列をなしている。

あたしは待った。父さんやジョンに見つからないように、ずっとうしろからついていかなくちゃならない。そして、もし見つかっても追いかえされないくらいじゅうぶんに砦《とりで》から離《はな》れるまで、父さんたちからかくれたまま進むのだ。

戦いについてきたことがわかったら、ふたりはどんなに怒《おこ》るだろう。でも、その怒《いか》りだって、あたしがふたたび父さんたちを失う悲しみにはおよばないはずだ。

あたしには、もう父さんとジョンしかいないのだから。

そう思ったとたん、焼け焦《こ》げた家が目に浮《う》かんできた。

変わり果てた家を木のかげからながめていたとき、たくさんのホタルがみだれとんでいた。

そのとき、あたしは何を誓《ちか》った？　ジョンや父さんのように強くなることを誓《ちか》ったのだ。二度と自分のたいせつなものを奪《うば》われたりするものかと誓《ちか》ったのだ。

そのときの強い思いが、体によみがえってきた。この数週間の旅で、あたしは強くなったんだ。

急いで砦《とりで》の大きな門をとびだすと、寄せ集まりの兵士の列のうしろについた。

立ち止まって靴《くつ》をはいていると、兵隊たちの話す声が聞こえてくる。

「きょうは月曜、八月に入って四日目だ」

「この日のことは、あとあとまで語りつがれるだろうよ」

兵隊の列は、すでにあたしの前に二キロメートルか、それ以上も長くなっている。うしろからは、食糧《しょくりょう》や武器やいろいろな物品が積まれた荷車が、牛に引かれて何台もつづいている。それらはみな、今スタンウィックス砦《とりで》で敵に囲まれて戦っている仲間にとどけるものだ。

荷車はのろのろ進む。積み荷が重くかさばっているからだ。

あたしは、ひとり、そのすぐうしろについて歩いた。

でも、ひとりぼっちじゃない。あたしの前の何百人という兵士の列のどこかに、父さんとジョンがいる。それにミラーだって。

あたしたちは、川の北側を、川に沿って進んでいった。今までにここを旅した多くの人によって作られた道。

最初はインディアンによって、そのあとは、このあたりに差《さ》し掛《か》けの家や小屋を建てて住みついた開拓民《かいたくみん》たちによって、踏《ふ》みかためられた道だ。

頭上には、ヤナギのしなやかな枝が垂れかかり、日かげを作っている。鳥はみな、行軍のさわがしい物音におびえて鳴きやんでいる。それとも、あたしたちが今からやろうとしていることの大胆《だいたん》さに恐《おそ》れをなしたのか。

セントレジャー大佐《たいさ》率いるイギリス軍と王党派の兵隊から、スタンウィックス砦《とりで》をとりかえすという、大それた決断に。

22 進軍

あたしたちは、何時間も進みつづけた。

午後も半ばになると、あたしは列から遅《おく》れてしまった。だが、前を行く荷車の音はまだ聞こえる。

道端《みちばた》にすわりこみ、思うようにうごかない手で苦労して靴《くつ》をぬいだ。靴《くつ》のかたい革にこすれて豆ができていたのが、ぬいだ拍子《ひょうし》にやぶれて血が出てきた。

進軍のスピードが遅《おそ》くなった。道がますます狭《せま》くなってきたからだ。木々を押《お》し分けながら前を行く荷車の列が、のろのろとしか進まないおかげで、川までおりて冷たい水で足を冷やしても、はぐれずにすんだ。

靴《くつ》は、やっぱり道の端《はし》に置いていくことにしよう。

でも、この靴《くつ》をとりに、またもどってこられるんだろうか？

足を引きずりながら、一番うしろの荷車について歩いていると、突然《とつぜん》、御者台《ぎょしゃだい》にすわっているふたりの男がふりむいた。

たぶん、あたしの足音を、敵が現われたのと勘違《かんちが》いしたのだろう。

あたしもつられてふりむいた。だが、うしろには、うっそうと繁《しげ》る木立ちの中、落ち葉や小枝が無残に踏《ふ》みしだかれた一本の道がつづくほか、何も見えなかった。

あたしは、牛車をあやつるふたりの男を見上げた。

おそらく、父親と息子だろう。

わかいほうが灰色の目を細くしてにっこりわらうと、もうひとりがうなずいた。

あたしはうつむいた。わかってる、自分がどんなふうに見えるか。きたない浮浪児《ふろうじ》ってところだ。

頭巾《ずきん》はいつのまにかなくなって、髪《かみ》は、草の実がくっついたまま腰《こし》まで垂れ下がっているし、スカートには泥《どろ》がかたくこびりつき、やぶれたすそが地面をすっている。

年とったほうの男が、荷車のわきをたたいた。あたしがそちらへ行くと、手をのばしてサッとふたりの座席へ引き上げてくれた。

あたしたちは並んで御者台《ぎょしゃだい》にすわり、だまって揺《ゆ》られて進んだ。前方から、だれかの口笛が聞こえてくる。だが、口笛がやんだとたん、前のほうで何か恐《おそ》ろしいことが起こったのではないかと、たちまち不安になる。

その夜は、ふたりといっしょに荷車の下に寝《ね》た。

そこにいれば、安心してねむれるはずだった。

だが、寝言《ねごと》で泣き叫《さけ》ぶ男たちの声があちこちから聞こえてきて、少しもねむれない。男たちも恐いのだ。あたしと同じように。

葉っぱがカサッと音をたてるたびに、恐怖《きょうふ》がつのる。

マスケット銃《じゅう》で撃《う》たれるのって、どんな感じなんだろう？

あたしは思わず頭を抱《かか》えた。もし、イロコイ族があたしの髪《かみ》を引っ張って、頭の皮をはごうとしたら？

そう思うと、恐《おそ》ろしくて恐《おそ》ろしくて、体がブルブルふるえてくる。でも、あたしは一生懸命《いっしょうけんめい》、ジェラードじいさんのこと、じいさんのおしえてくれたことを思い起こした。

「危険に出くわしたときは、さわいじゃいかん。気を落ち着けて、じっとしとくんだ」

そのうち、やっと眠《ねむ》りについた。

つぎの朝、あたしたちの荷車は、兵隊の列について川に入り、南岸にわたった。

「ここでわたるほうがいいんだ。砦《とりで》に近づくほど、セントレジャー軍に攻撃《こうげき》されやすくなるから」と荷車の父親のほうがおしえてくれた。

南側にわたると、森をぬけて通るのはほとんど不可能となった。

あたりは、何百年もの年月を経た深い森だ。空をかくすほど枝を広げた木の葉の下、太い木々のすき間を縫《ぬ》って、人が通ったことがやっとわかるくらいの細い道がつづいていた。

人ひとり歩くのもやっとだから、牛車などまったく入れない。道を広げるために木を切りたおす斧《おの》の音が、一日中森の中にひびいた。

一日の作業が終わると、八百人の男たちは、三キロメートルにものびた行列のまま、その場で休んだ。

夕方の日射しはまだ強く、硬貨《こうか》のようにキラキラと木の間から射しこんで、森の下草を照らした。蚊《か》の大群がぶんぶんうなり、調理の煙《けむり》が立ちこめて息もできない。

あたしは、荷車のわきへすべりおりて持ち主の親子に礼をいい、父さんとジョンをさがしにいった。

見つけるなんて、不可能？　おそらく、そうだろう。

それでも、あたしは、道に沿って立ったりすわったり寝転《ねころ》んだりしている男たちの顔をひとりひとり見ながら、人の足につまずいたり、木の枝にひっかかったりして進んでいった。すると、突然《とつぜん》、前からミラーがやってきたのだ。

ミラー！

どっか行ってよ！　あんたはいっつも邪魔《じゃま》するんだから！

思わず口から出そうになったことばを、あたしはあわてて飲みこんだ。ほんとういうと、ミラーに会えて、ものすごくうれしかったのだ。

でも、近よってきたミラーの日焼けで皮のむけた顔、澄《す》んだ青い目を見たとたん、胸がしめつけられた。

この人、この戦いを生き残れるのかしら？　そもそも、生き残れる者がいるの？

ミラーの顔は、見たこともないほど真剣《しんけん》だった。

「ズィー、こんなとこで何やってんだ?!」

この目は何？　ミラーも恐《こわ》いの？　それとも、あたしのことを心配して？

「あすの夜明け前に、ここを出ろ。もときた道をさがして、もどれ」

ひとりでもどれって？　いやよ、もどるなんて！

「もう、もどるのは手遅《ておく》れよ。それに、あんたはあたしの父さんじゃないんだから、指図《さしず》しないで」

「だれが、きみの父親なんかになりたい？」とミラーはほんの少しほほえんだ。「まったく手に負えない娘《むすめ》だよ、きみは」

あたしの顔の前の蚊《か》の群れを追い払《はら》おうと、ミラーの手がのびた。

あたしはその手から退いた。

「アイザックなら、そんなことといわないもん」

「アイザックの裏切り者がか」とミラーが苦々しくいいすてた。

あたしたちは、たがいににらみあって立っていた。

突然《とつぜん》、ミラーがあたしの腕《うで》をつかみ、前のほうへ引っ張っていった。彼《かれ》のうしろから、つまずきながらついていくと、父さんとジョンがカシの大木にもたれてすわっているのが目に入った。

あたしを見ると、ふたりはおどろいて立ち上がった。

父さんは明らかに怒《おこ》っている。

「ズィー、なんでまたこんなとこに?! なんて考えのないやつだ」そういって、困り果てたようにジョンを見た。「もどさなくてはな。しかし、だれがつれてもどる?」

あたしはいいたかった。山をいくつもこえ、川をわたって、あたしはモホーク峡谷《きょうこく》まで、たったひとりできたんだよ、と。

でも、相手は父さんだ。ミラーじゃない。そんな口ごたえなんかできない。

「ひとりで帰すしかない」ジョンはそういったが、自分のことばをやわらげるように、あたしの肩《かた》に手を置いた。

あたしを見ていたミラーが、ジョンを見てゆっくりとしゃべりだした。

「おれ、考えたんだが」

「あたしのために考えてなんかもらわなくていいよ、ミラー」とあたしはいってやった。

「ズィーは帰らないよ。おれ、はじめっからわかってた。ズィーは、前からずっと強かったよ」

　強い？

　思わずミラーを見た。おどろいて。うれしくて。

　ミラーがほほえみながら、あたしを見下ろした。

「でなけりゃ、強情なんだ」

　三人は、あたしを囲んで立ち、これからあたしをどうすべきかを考えている。

　でも、あたしはもう、鶏《とり》小屋のとびらをあけっぱなしにするような子じゃない。石けんの油脂《ゆし》をけとばしてこぼしたり、パンを焦がすような子じゃない。まったくちがう子に変わったんだ。

　だから、行く。いっしょに行って戦う。

「砦《とりで》までは、これからあと一日はかかる。ズィーが荷車といっしょに進むんなら、荷車はゆっくりだから、だいぶ歩きやすい」とミラーがいった。

　それはそのとおりだ。兵隊について歩くのは、速すぎて、あたしにはむりだろう。もう目的地にかなり近いとはいえ。

「それに、うしろのほうが危険が少ない」とミラーが父さんにいった。

三人は、あたしを完全に無視して話し合った。まるであたしが、おとなのいうことを理解できない小さい子どもみたいに。

あたしは、話のつづきを聞いていられなかった。あまりにもつかれていたのだ。食べることもねむることもできないほど、つかれきっていた。

あたしは森の中へ入っていった。そして、三人からあまり遠くない場所のかたい地面に横になると、そよりともうごかない木の葉をすかして、ただじっと空をながめていた。

それからずいぶんたって、父さんがあたしのそばにひざまずいて、水とパンをひと切れくれた。パンは、ほとんど噛《か》めないくらいカチカチにかわいていた。

父さんが話しだした。

「この数週間、おまえがどんなにたいへんだったか、わしには想像するしかないが、ずいぶんと恐《おそ》ろしいことをくぐりぬけてきたんだろうな」

突然《とつぜん》、のどに熱いものがこみあげてきた。父さんにそういわれるだけで、この数週間の苦労はむくわれた気がする。

「わしが怒《おこ》っているのは、ただおまえに安全なところにいてほしいからだ。わしにはもう、おまえとジョンしかない。それと、川のそばのほんのわずかな土地だけしか」父さんの声は、くぐもっていた。

あたしは思い切っていった。

「でも、あたしがデイトン砦《とりで》にもどったあと、父さんたちに何かが起こったら、あたしにはなんにもなくなるもの」

父さんは何もいわなかった。だが、あたしのいったことを理解してくれたことが、夕暮れの薄暗《うすくら》がりの中でも、父さんの顔からわかった。

こんなこと、生まれてはじめてだ。「愛してる」と口にだす勇気はなかったが、父さんはわかってくれたと思う。あたしがどんなに父さんを愛しているか。それは、きっと。

それから、やっとあたしはねむった。朝の光が、ふたたびまわりの世界をくっきりと照らしだすまで、泥《どろ》のようにねむった。

朝からこの日射しでは、昼間は相当に暑くなるだろう。苦しい一日が待ちかまえている。

あたしは、スリップの一部をやぶりとって、水さしの水でぬらし、顔をふいた。それから、顔にかぶさってくる髪《かみ》の毛をひとつにまとめてしばった。

ミラーがいつのまにか目の前にいた。

「食糧《しょくりょう》を運んでる男たちに、きみを乗っけてもらうようたのんできたよ。ほんのわずかなすき間だが、きみのために空けてくれるそうだ」

ミラーに、あらたまって礼なんていいにくかったが、あたしはちゃんといった。だって、ほんとにありがたかったから。

父さんがあたしの肩《かた》に手をのせた。

「ジェラードじいさんがおしえてくれたことを思いだすんだ。必要とあらば、動物のように森にひそんででも、帰るんだ。ズィー、生きて、生きて帰ってくれ」

23　戦場跡《せんじょうあと》

エリザベスは早起きした。リビーも。

「きょうみたいな日にも、仕事に行かなきゃならないなんてね。あなたの最後の日なのに。でも……」リビーがそういって、エリザベスの髪《かみ》をそっとなでた。「あなたは、きょう、冒険《ぼうけん》するのね」

「今夜、全部話すから。ひとつ残らず」そう約束して、エリザベスはハリーと家を出た。

きょうは月曜。春だというのに、ひどい天気だ。朝からどしゃぶりの雨が降っている。ふたりの小型トラックは、雨水が川のように流れる道路を進んだ。せわしなくワイパーがうごいているのに、前が見通せないほどの降りだ。

前のめりになって運転していたハリーが、こぶしでフロントガラスをたたいた。

「この調子じゃ、公園も閉園だぞ」

じゃあ、なぜ引きかえさないの?とエリザベスは不思議に思った。でも、結局は引きかえすことになるのだろう。そして、ハリーと別れた後は、ひとり空っぽの家で、夕方までリビーの帰りを待つことになるのだ。

窓辺のあのイスにすわり、雨が、枝という枝、葉という葉から滝《たき》のように流れ落ちるのをながめて、ここでの最後の日をすごす。部屋の隅に置いたふたつのダッフルバッグを、ときどき見やりながら。

だが、ハリーは引きかえさなかった。イロコイ族のリーダー、ジョーゼフ・ブラントのことをしゃべりながら、ひたすら車を走らせた。

ブラントのことなら、ハリーが貸してくれた本の中に写真がのっていた。茶色い目の引きしまった顔がすてきだった。

「ブラントのインディアン名はタエンダネイジャ。いいにくい名前だろ? ブラントは、当時セントレジャー大佐《たいさ》といっしょにいたんだ」運転しながら、ハリーがエリザベスを横目で見た。「イロコイ族は、イギリス側を勝たせたかった。なぜなら、アメリカ人がどんどん押《お》しよせて開拓《かいたく》をはじめて、インディアンの狩猟地《しゅりょうち》のど真ん中に農場を作ったり、インディアンの林の中にまで侵入《しんにゅう》してきたからだ」ハリーはひと息ついて、いった。「今のうちに弁当を食っとこう。もうすぐ着く」

エリザベスはシートにもたれ、ハリーがリビーの台所で作ってくれたサンドイッチを食べた。

見た目も味もかなりひどい。パンの耳はギザギザに切り落とされ、毒々しい黄色いチーズがはさんである。

ハリーはリビーの弁当用にもひとつ作っていたが、リビーが今まで仕事場に持っていったどんな弁当よりまずいことはたしかだ。

とうとう、トラックが道路わきに止まった。

ハリーの予想どおり、公園は閉園だった。入口の広い道路には、がんじょうなくさりが張られて、地面すれすれに垂れ下がっている。

こんな雨の日に、だれが公園に入るだろう？

ハリーは、ハンドルを指でたたきながら、雨空をあおぎ見てはブツブツと不平をいい、閉園した戦場跡《せんじょうあと》公園事務所に文句をいいつづけた。

「傘《かさ》か何か、持ってきてるか？」

もちろん、エリザベスはわすれてきていた。

ところが、ふたりがトラックにすわっている間に、雨はしだいに小降りになり、とうとう、公園の芝生《しばふ》に低く垂れこめる霧《きり》を残すだけとなった。

「しめたぞ」ハリーがトラックのドアをあけた。

ふたりは、くさりをまたいで、公園内の芝生《しばふ》に立った。たっぷりと水をふくんだ芝生《しばふ》が、足元でグチュグチュ音をたてる。

エリザベスは見まわしながら、思い描《えが》いた。

八月のその日、息苦しいほどの蒸し暑さの中で、愛国派は進軍していたのだ。一時でもすわって休めたら、足を投げだして流れ落ちる汗《あせ》をぬぐえたら、と思いながら。考えたことが、口に出てしまったらしい。ハリーがうなずいた。そして、広い芝生《しばふ》を示していった。

「このあたり一帯、巨木《きょぼく》がすき間なく生えていた。枝は重なり合って、陽が射さないほどだ。蚊《か》の大群はブンブンうなっている。どっちを向いても、一メートル先も見通せない。

馬や荷車もあったが、たいていの者は歩きだ。三キロもある重いマスケット銃《じゅう》をかついでな」

エリザベスは公園を見わたした。きれいに刈《か》りこまれた芝生《しばふ》に、木がポツンポツンと立っている。

「スタンウィックス砦《とりで》側からやってきていたのは、ブラント率いるイロコイ族、セントレジャー指揮下のイギリス兵、それと王党派の男たちだ。このモホーク峡谷《きょうこく》に住むほとんどすべての開拓民《かいたくみん》の男たちが、王党派と愛国派のどちら側かについて戦った。兄弟が敵味方に分かれる場合だって、少なくなかった」

ふたりは歩きだした。

エリザベスは心の中でつぶやきつづけた。ズィーもここを歩いたかもしれない。ズィーと同じ地面を、わたしは今踏《ふ》んでいるのかもしれない。

突然《とつぜん》、ハリーがエリザベスのひじをつかんで、引きもどした。

足下は崖《がけ》っぷちだった。眼下には狭《せま》く深い谷が左右にのびていた。木や草がしげっていて谷底は見えない。

どうやって、こんな谷ができたんだろう。まるで巨人《きょじん》がするどい爪《つめ》で大地をえぐりとったみたいだ。

「これが、かの峡谷《きょうこく》だ。谷底まで、丸太で作った細い道があった。愛国軍は、長い一列になって、ずうっと下までおりていき、川底をわたって、また谷をのぼった。そのとき、敵は、谷の両側にかくれていたんだ」

それ以上は、ハリーから聞くまでもない。エリザベスにはもう聞こえていた。森の中から、わめきながら敵が現われ、銃《じゅう》を撃《う》ち、矢を放ち、愛国派をはさみ撃《う》ちしたときの悲鳴や叫《さけ》び声が。

ズィーもとりかこまれたのだ。

どんなに恐《おそ》ろしかったろう。エリザベスは思わずこぶしで口を押《お》さえ、ハリーに聞いた。

「どのくらい亡くなったの？」

「半分。四百人以上だ。八月のうだる暑さの中、ちょうどこの場所で」

エリザベスは涙《なみだ》をぬぐった。

「そうとも、悲しいできごとだ。だが、ずっとずっと昔のことだ。おれたちは戦争に勝って、今ここにいる。自由なアメリカ人として」

「でも、ズィーは……」

ハリーが、戸惑《とまど》いがちにしゃべりだした。

「じつは、ズィーのことについて、わかったことがあるんだ。昨夜、夜中に目が覚めて考えた。ズィーの地図の隅《すみ》にあったあの印のことだ。こたえは、あのスケッチの中にあった。信じられんことだが」

エリザベスは息をのんだ。

「薪《まき》の束のような印のこと？」

ハリーはほほえんだ。

「まずユーティカに行こう。こたえは、おまえさん自身の目で見られるよ」

24　戦闘《せんとう》

その朝、あたしは自分の命について考えた。

この命は、きょう尽《つ》きるのだろうか？　それとも、運よくこの戦いを生きのびることができるのだろうか？

あたしたちは、前進の命令がくだるのを待ちつづけていた。待ちきれずに、不平をいう声がしだいに大きくなっていく。

「進軍だ！　ハーキマーの命令があろうとなかろうと！」

ジョンが、不安そうな顔を近づけてきた。

「ハーキマーが前進したがらないんだ。臆病風《おくびょうかぜ》に吹《ふ》かれたという者もいるし、おれたちが皆殺《みなごろ》しになるのを心配してのことだという者もいる。ハーキマーは、待ち伏《ぶ》せに会うのは確実だと思ってるようなんだ。ただ、それがどこだかは、わからないらしい」

「あんたはどう思うの？」とあたしは聞いた。

「ハーキマーには経験がある。おれたちより……」

ミラーが口をはさんだ。

「そのことは、おれたちの心配することじゃない。ズィー、とにかくきみは列のうしろへ行くんだ。きみの父さんもそういっただろ？　できるだけ急いでうしろへ行って……」

「臆病者《おくびょうもの》になれって？」とあたしはいいかえした。

そのとき、とうとう男たちの一団が前進しはじめた。ミラーが立ち上がる。ハーキマー将軍があわてて進軍の命令をだすと、たちまち男たちはみな、将軍を待たずに森の中をかけだした。

ミラーはあたしをせかして、兵隊たちとは反対方向に走り、後方の荷車の列のところまでつれていった。そのひとつの荷車の御者台《ぎょしゃだい》にあたしを押《お》し上げると、台に手をかけていった。

「ズィー、きみの父さんは正しい。きみは、生きのびなくちゃいかん。たとえ、おれたちが死んでも」

あたしは強く首をふった。

「ズィー、わからないのか？　おれたちは、きみのために戦ってんだぞ」

ミラーがのびあがって、あたしの手にそっとふれた。それから、ほんの一瞬《いっしゅん》、真剣《しんけん》な顔で口をつぐんだが、すぐにほほえんでいった。

「きみが臆病者《おくびょうもの》なんて、だれが思う？」

列の前方に向かってかけだしたミラーの背中を、あたしは見つめつづけた。手織りの上着が、人と葉かげの中に見えなくなるまで。

「生きて帰って、ミラー」あたしは、父さんにいわれた同じことばを、ミラーに向かってつぶやいた。

とうとう、前進する兵士たちのあとから、荷車もうごきはじめた。だが、みるみる遅れて、木の間に兵士たちのすがたがかいま見えるばかりになってしまった。

そのまま何事もなく、日は高くなった。

と、突然《とつぜん》、男たちの呼び交わす声がして、あたしはビクッととびあがった。武器だろうか、何かがキラリと光った。

身がまえて、木々の間に目をこらす。だが、荷車を御《ぎょ》している男たちは、いっこうに急ぐ気配がない。

荒削《あらけず》りの板の座席にすわり、ガタガタ揺《ゆ》すられているうち、荷車はつぎつぎにうしろから来る荷車に追いつかれ、せまい道を押《お》し合いへし合いしながら、追いこされていく。

そうか、この男たちは、わざとゆっくり進んでいるのだ。戦闘《せんとう》を怖《こわ》がっているのだ。あたしと同じように。

耳元にミラーの声がよみがえる。

「きみが臆病者《おくびょうもの》なんて、だれが思う？」

もし荷車にとどまっていたら、前方で起こっていることを知ることすらできないだろう。

思わず口に手をやると、かたくなった指が、かわいてガサガサになったくちびるにふれた。

あたしは転げ落ちそうになりながら、御者台《ぎょしゃだい》からすべりおりた。

このままデイトン砦《とりで》にもどったら、どんなに楽だろう？　今ここでもどったとしても、責める者はだれもいないはずだ。

だが、あたしは進んだ。

食糧《しょくりょう》や物品を山積みにした荷車を、一台、また一台と追いこして進みながら、足に力がみなぎるのを感じた。

荷車の列を追いぬくと、今度は落伍者《らくごしゃ》の列だ。あたしはその男たちも追いこした。

一度立ち止まって、つぼの水を飲んだ。仰向《あおむ》けた顔に、木の間から射しこむ陽の光がキラキラとまぶしかった。

この列の前方のどこかに、父さんとジョンがいる。ミラーがいる。

あたしは、矢も盾《たて》もたまらず、かけだした。

木の枝が髪《かみ》に引っかかり、頬《ほお》をひっかいた。

険しい顔で前進する男たちも追いこした。男たちは、あたしがそばを通ってもほとんど気づきもしなかった。

突然、前方で銃声が鳴りひびいた。火薬のにおいが流れてくる。マスケット銃の音、悲鳴やどなり声が一度に起こり、あたりが煙《けむり》に包まれた。

前方から道をもどってきた数人の男たちが、あたしをつきとばしてうしろに走り去る。

前方から退却《たいきゃく》してくる男たちと、うしろから前進してくる男たちにぶつかりながら、あたしは前に向かって走った。ゼイゼイ息を切らしながら、血眼《ちまなこ》になってさがした。

どこ？　父さんはどこ？

すると、いきなり前を歩いていた男たちが消えた。あたしは、危ういところで足を踏《ふ》みはずすところだった。目の前は、深い谷間だ。

この谷をわたるため、兵士たちは、まず丸太で作った長い道を谷底までおり、谷底を流れる細い川をわたり、また向こう岸の急な土手をのぼらなければならない。

最初の一団は、ハーキマー将軍にみちびかれて、すでに向こうの土手をのぼりきろうとしている。と、そのとき、マスケット銃《じゅう》が立てつづけに鳴りだし、インディアンの斧《おの》がきらめきながらとんできた。

敵が、谷の両側の森の中から襲《おそ》ってきたのだ。あたしたちは、はさみ撃《う》ちにあったのだ。

待ちぶせされるといったハーキマー将軍は、正しかったのだ。

アッというまに、制服すがたのイギリス兵とイロコイ族が谷に押しよせ、インディアンのかん高いときの声がひびきわたった。

あたしは思わず尻《しり》もちをついたまま、崖《がけ》をすべり下りた。両手の皮膚《ひふ》はしげみの枝に引きさかれ、足もイラクサのとげがつきささって血だらけだ。

谷底では、敵も味方も入り乱れて闘《たたか》っていた。あっちにもこっちにも血が飛びちっている。

灰色の髪《かみ》を肩《かた》まで垂らした老人が手斧《ておの》をふりかざして、あたしのほうへやってきた。と、突然《とつぜん》、男は消え、その男を踏《ふ》みつけて、血を浴びた味方の男が立っていた。男は、あたしに何か叫《さけ》んだが、まわりの喧騒《けんそう》でまったく聞きとれない。

もうあとにはもどれないし、先にも進めそうにない。少し歩いたとたん、だれかの足につまずいて倒《たお》れた。

こんなところで、なぜねむっているんだろう?と思ったが、腕《うで》は体の下で妙《みょう》な角度に曲がり、ひとすじの血が上着を染めて流れている。

そのあとはもう、ひと足ごとに、死体を踏《ふ》みこえて歩かねばならなかった。

ふいに、うしろからだれかにショールをつかまれた。窒息《ちっそく》しそうだ。手をのばしてその腕《うで》をふりはなそうともがいたが、ズルズル林の中に引きずられていく。声をだそうにも、首がしまってうなり声しか出ない。なんとかして体の向きを変え、相手の顔か目をひっかきたいが、できない。

男の荒々《あら》しい息づかいが近づき、そいつの手が体をつかもうとした瞬間《しゅんかん》、あたしは身をくねらせて逃《に》げだした。

男が追ってこないとわかるまで、あたしはふりかえらなかった。そして、地面に横たわっている無数の体にすばやく目を走らせながら、息を切らして走りまわった。

うごいている体。うごかない体。たくさんの顔、服、長靴《ながぐつ》の足。

あたしは血眼《ちまなこ》になってさがした。父さんを、ジョンを。たとえ、顔が泥《どろ》と血にまみれていようが、切り落とされていようが、父さんとジョンなら一本の手だけでもわかる。

それに、ミラーの手だって。あたしは、いつだったかミラーがキノコを折りとり、その傘《かさ》に一本のくぎで、アッというまに猫《ねこ》のルーシーをスケッチしたのを思いだした。

でも、三人のだれかひとりでも、ほんとに地面に倒《たお》れていたら、あたしはもう立っていられないかもしれない。

ミラー……。

そうだ。ミラーはずっと前、あたしにいったのだ。

「ズィー、おれはきみを、百回だって、千回だって描《か》くよ」と。

そして、あたしが見ている前で樺《かば》の木の皮をはぎ、木炭のひとかけらでもって、またたくまに描《か》いた。怒《おこ》りんぼ猫《ねこ》のルーシー、木々、川、そして、あたしを。

このこと、一度も考えたことがなかった。

突然《とつぜん》、頭の上から、低いとどろきが聞こえてきた。

大砲《たいほう》？

見る間に、空がまるで夜みたいに暗くなった。と、思ったとたん、その空を稲妻《いなづま》が真っ二つに引き裂《さ》いた。

雨だ。

たちまち大粒《おおつぶ》の雨が落ちてきて、たっぷり血を吸いこんだ落ち葉と、その上に横たわる無数の死体をたたきはじめた。みるみるうちに、その衣服のしわの中、曲がった腕《うで》や脚《あし》のくぼみに水たまりができていく。

いつのまにか銃声《じゅうせい》が消え、聞こえるのは、はげしい雨音と、暗い空にひびく雷《かみなり》の音、それに負傷した兵士のうめき声だけとなった。

この嵐《あらし》が通りすぎないかぎり、戦いは再開されないだろう。火薬がつかえないからだ。

あたしはその間に谷間をわたり、向こう側の急な土手をのぼった。

高い位置に立つと、けがをしたハーキマー将軍が見えた。だれかが、将軍を鞍《くら》ごとブナの木にもたせかけている。雨がやんだらすぐ、将軍がそこから指揮をとれるようにだ。

将軍は、雨の中、パイプをくわえて鞍《くら》にすわり、まわりの者たちに指示していた。

「バラバラになるな。ふたりずつ、背中合わせになれ。ひとりが銃《じゅう》に弾《たま》をこめ、もうひとりが撃《う》つんだ」

あたしは顔を上げ、大粒《おおつぶ》の雨に向かって口をあけた。雨に顔を打たせ、口の中に流れこむ雨水を飲んだ。

ふと見ると、ひとりの男がマスケット銃《じゅう》を持って立っている。あたしは、男の腕《うで》を揺《ゆ》すった。

「やりかたをおしえてくれたら、あたしが弾《たま》をこめる」

男が、あたしを見てうなずいた。

雨は、降りだしたのも突然《とつぜん》だったが、やむのも突然《とつぜん》だった。
すぐさま、ときの声が上がり、それに銃声《じゅうせい》がつづいた。だが、ハーキマーに指揮された
わが軍は、さっきよりずっと統制がとれている。
あたしは、はじめて出会った見知らぬ男と、背中合わせに立った。くっつかんばかりに
近づいた男の体から恐怖《きょうふ》が伝わってくる。
あたしは思うようにうごかない手で、もたつきながら、何度も何度もきりなく弾《たま》をつめ
こんだ。
突然《とつぜん》、男が地面に倒《たお》れた。すぐに、だれかがあたしの頭を押《お》さえつけた。
「頭を下げろ！　撃《う》ち殺されたいのか？」知らない声だ。
何も考えず、あたしはそこから逃《に》げだした。
あたしの目に、あっちからもこっちからも色がとびこんでくる。太陽のオレンジ、雨に
洗われた木の葉のつややかな緑、そして、そこここにおびただしく流れる血の赤。
やっと見つけた父さんは、地面に転がった丸太によりかかるように倒《たお》れていた。
あたしは父さんの前にひざまずき、父さんを抱《だ》いた。亡くなっていることがわかると、

父さんの胸に顔をうずめた。

家にいたときの家族が思い浮《う》かぶ。畑ではたらくジョン、チーズを作る母さん。

そして、父さん。

ああ、父さん！

あたしは父さんをギュッと抱《だ》いた。

そのとき、また新たに大きな叫《さけ》び声が上がった。

「ウーナー、ウーナー」イロコイ族の呼び声が、何度もくりかえされている。

すると、だれかがいった。

「あれは、やつらの退却《たいきゃく》を呼びかける合図だぞ」

戦いは終わったの？　これが戦いの終わり？

父さんは死に、谷間にはこんなにたくさんの人たちが倒《たお》れている。ある者たちは立てないほど深い傷を負い、あとの者は永久に立ち上がれずに。

こんな戦いを、ジョンとミラーが生きのびられたわけがない。何もかも失って、勝とうが負けようが、いったいどんな意味があるというの？

だれかが、あたしを引っ張って立たせようとした。

「おれたち、デイトン砦《とりで》にもどるんだぞ」

この声には聞き覚えがある。きのう乗せてもらった荷車の少年だ。

「おやじは死んだ。荷車もなくなった」

あたしは、力なく顔を上げた。体中の力がぬけて、うごけない。

「死んだ者を埋《う》めるひまはない。この谷間全体が墓場だ。行こう」

「でも、父さんが……」

そのとき、別の声がした。

「その娘《むすめ》にかまわず、先に行け」

あたしは思わず、目を閉じた。

生きてたんだ、ミラー。

25　物語

エリザベスとハリーの前に、丸太の柵《さく》で囲まれたスタンウィックスの砦《とりで》が広がっていた。

敷地《しきち》内の博物館は、もう開館していて、独立戦争当時の服装をした小太りの女性が、来館者を迎《むか》えている。スケッチのズィーそっくりの頭巾《ずきん》の下に、垂れ下がってきた髪《かみ》をしまいこみながら、エリザベスに目を向けた。

「何か、質問なさりたいことが？」

「峡谷《きょうこく》のことは知っています。恐《おそ》ろしい待ちぶせがあって……」だが、しばらくしゃべるうち、エリザベスははずかしくなって口をつぐんだ。

見学にきた子どもたちが、ヒヨコの群れのようによってきて、エリザベスたちをとりかこんだ。やはり、案内係の女性に質問しようと待っているのだ。

ひとりの子が、早くして、というように、エリザベスのセーターを引っ張った。

エリザベスは、助けをもとめてハリーを見た。ハリーは、とんでもない、というふうに二、三歩下がると、エリザベスと案内係の女性を交互《こうご》に見てほほえんだ。

女性の胸の名札には、ジェインと書かれている。

ハリーがほほえんでいる？　なんだか自慢《じまん》げ？

ジェインが、エリザベスのほうへ顔を近づけていった。

「あなた、きっとクラスで一番できる子ね」

今度は、エリザベスがおどろいてあとずさりした。

「もちろん、そうだとも」ハリーがすぐさま、いかにも当然だという調子でこたえたので、エリザベスは顔が熱くなった。

エリザベスは質問の順番を子どもたちにゆずり、ハリーとふたりで革のソファーにすわって、「オリスカニーの戦い」のビデオを見はじめた。

エリザベスはビデオなどうわの空で、案内のジェインがいったことばを考えていた。ハリーが応じたことばも。

わたしが、できる子？

のどにこみあげてくる熱いものを感じながら、エリザベスはハリーのほうを向いて、やっと口を開いた。

「パパはいつもわたしにいうの。『少しはものを考えろ』って。わたしって、だめなの。何をやっても、まともにできないから」エリザベスは肩《かた》をすくめた。

ハリーはビデオから目を離《はな》した。

「ズィーのことでもいい、オリスカニーの戦いのことでも、砦《とりで》のことでもなんでもいいから、とにかく、ひとつ、おれに説明してみてくれ」

エリザベスはだまっていた。

「ひとつの事実を話すだけでいいんだ」とハリーがまたいった。

エリザベスは考えた。ふと窓の外を見れば、あの旗が砦《とりで》の上にはためいている。

エリザベスは話しだした。

「砦《とりで》を守っていた指揮官は、ガンスボート陸軍大佐《たいさ》だった。彼《かれ》はまだ少年のようなわかさだったけれど、父親から、たとえ死んでもスタンウィックス砦《とりで》を守りぬくようにと、いわれていた。ガンスボート大佐《たいさ》には、それをやりぬく意志と勇気と強さがあった。けれど、指揮下の兵士たちが心をひとつにするには、さらに何かが必要だと思った。自分たちが戦っている目的が目に見えるための何かが。大佐《たいさ》は、フィラデルフィアでわが軍の旗についての話し合いがされたことを思いだした」

エリザベスは、身を乗りだして、ハリーに話をつづけた。

「ガンスボートたちは、仲間の上着から赤い袖《そで》をやぶりとった。別の仲間の上着から青い布をもらった。シーツを星の形に切りとった。不ぞろいだけれど、とにかく星の形に。そして、それらを縫《ぬ》い合わせた。間に合わせの旗にはちがいないけど、高く掲《かか》げられたその旗を見て、兵士たちはたがいにいいあった。自分たちは、あのために戦っていると。あの新しい旗のため、新しい国のためにと……」

エリザベスはわれにかえって、声を落とした。

「このこと、本で読んだの」

「エリザベス」ハリーが感きわまった声を上げた。

そして、ほてった頬《ほお》に両手を当てたエリザベスに向かって、話しだした。

「おふくろがよくいってたよ。人間だれも、何かを持っていると。たくさんのものにめぐまれている者もいるし、たったひとつのものしかない者もいる。だが、とにかく、だれにでも、何かひとつのものはあたえられているんだってな」

子どもたちが、ふたりのそばを一列になって、つぎの部屋へと歩いていく。

この子たちも、そうなのだろうか？　どの子が算数ができるのだろう？　だれがボール投げが得意なんだろう？　歌がうまいのは？

ふと、父親が頭に浮《う》かんだ。父親と彫刻《ちょうこく》のことが。だれもがみんな、父親の彫刻《ちょうこく》をほめそやすけど、自分にはどこがいいのかよくわからない。

ハリーの手が肩《かた》にのった。

「そして、おまえさんは……」

エリザベスは顔を上げて、ハリーを見た。

「おい、おい」とハリーがエリザベスの頬《ほお》の涙《なみだ》を指でぬぐった。「おまえさんは、全身、これ物語だ」

どういう意味？

「おれは、さっき、事実をひとつ話してくれればいいといった。だが、おまえさんが話してくれたものは、事実どころじゃない。おまえさんの頭の中には、物語がぎっしり詰《つ》まってるんだよ」ハリーのくちびるが興奮でふるえている。「幸せ者だよ、おまえさんは。おれはどんなものより、その才能がほしいよ」

エリザベスは腕《うで》をのばして、ハリーをそっと抱《だ》いた。自分でも信じられない。こんなことができるなんて。

物語がぎっしり？

それこそ、わたしが何より望んでいることだ。自分を物語でいっぱいにすること。ズィーについて知ることは、ズィーにまつわる物語を知ること。それは何代も何代も語り継《つ》がれてきて、リビーやハリーまで伝えられ、そして、今、わたしに伝えられた。わたしはそれに、自分が発見したもの、読んだものをつけくわえ、よりあざやかな物語にしたのだ。

パパにも話してやりたい。そして、たぶん、いつか自分の子どもにも。

そう、物語を。

26　ひそかな決心

午後も遅《おそ》くなったころ、あたしたちは、ひとりの老婆《ろうば》の家に招き入れられ、台所にすわっていた。

あたしの左側にはジョン、右側にはミラー。四人でもう台所はいっぱいだ。肌《はだ》や服には、まだ戦いのにおいがきつくまとわりついていた。マスケット銃《じゅう》の煙《けむり》を吸いこんだせいで、まだしつこく、いがらっぽい咳《せき》が出る。

この家には窓がないので、炉《ろ》の火が唯一《ゆいいつ》の灯りだ。

あたしは炎《ほのお》を見つめていた。八月に、こんなにボンボン火を燃やすなんて考えられない。だが、実際、あたしはガタガタふるえていて、この暖かさがほんとうにうれしかった。

老婆《ろうば》が、酸っぱくなったリンゴ酒をカップに入れてくれたので、あたしたちはひと口ずつ飲んではまわした。

丸いチーズやベーコンも切り分けてくれたが、あたしはまったく食欲がなかった。胸も腹もひどくムカムカして、もう食べ物なんて永久に飲みこめないような気がした。

ジョンの顔は真っ黒で、貧弱なヒゲに泥《どろ》や草がからまっている。閉じた目の薄《うす》茶色のまつげには、涙《なみだ》がいっぱいたまっていた。

ミラーは背中の壁《かべ》に頭をもたれたまま、じっとしていた。つかれすぎて、ねむることもできないのだろう。

「デイトン砦《とりで》から、アーノルド将軍が、おれたちを助けにこっちに向かってるらしい。七百人の援軍《えんぐん》だ」とミラーがいった。

「それで足りるの？」

湿《しめ》った谷間の土の上に、棒切れのように倒《たお》れている父さんやほかの男たちのすがたが、あたしの目の裏に焼きついて離《はな》れない。

ジョンが目をあけた。

「おれは行くぞ、アーノルド将軍とともに。そうとも、おれたち生き残りもいっしょに戦うんだ。この戦いは、流れを変える重要な戦いなんだ。見てみろ。おれたち、前より強くなってる。これからどんなことが起こっても、おれたちは二度とあきらめないぞ」ジョンはそういって目を閉じたとたん、ねむってしまった。

あたしは炉の炎を見つめたまま、まわってきたカップのリンゴ酒をすすった。

ミラーが立ち上がった。

「外へ出よう」

戸口に立つと、外の明るさに目をあけていられなかった。ミラーとあたしは、小川に通じる小道を歩いていった。

ミラーが重い口を開いた。

「おれは、行かないつもりなんだ。アーノルド将軍といっしょにスタンウィックス砦《とりで》には。水車小屋と収穫《しゅうかく》が、おれを待ってる。もちろん、おれだって戦いたい。だが、わが軍には食糧《しょくりょう》がいる。おれは、おれのすべてのものを軍に提供するつもりだ。わが軍が戦いつづけられるように」ミラーがあたしの肩《かた》にさわった。「おれを臆病者《おくびょうもの》と思わんでくれ」

あたしはほほえんで、今朝、ミラーがあたしにいったことばをかえした。

「あんたが臆病者《おくびょうもの》なんて、だれが思うのよ？」

でも、それって、ほんとうに今朝のことだったの？

「オリスカニーが最後じゃない。戦いははじまったばかりだ。これから何年もつづくだろう。ズィー、だが、ジョンは正しい。おれたちは勝つよ」

そのときは、あたしも家に帰れるだろうか？　でも、家はもうないのだ。

「おれといっしょに帰らないか、ズィー」

あたしはミラーの顔をふりあおいだ。

くぎを口にふくんで、うちの鶏《とり》小屋を建ててくれたミラー。ふざけて、あたしを雪の上に放り投げたミラー。どうして、ミラーのことをちゃんと見てこなかったんだろう？　ほんとうの彼《かれ》を。

「いつか、おれは描《か》くよ。おれたちが建てた家の前に立ってるきみを」

あたしはだまって、みじめな手をミラーの目の前にさしだした。

「ああ、ズィー」ミラーがむりにほほえもうとした。「たぶん、この手じゃ、スープは作れんな。パンも焦《こ》がすだろう。それに、小屋のとびらを閉めわすれて、羊も鶏《にわとり》も、みんな逃《に》げてしまうな。そしたら、おれは、それをみんな絵にする。だけど、きみの顔にあらわれた強さ、おれはそれをちゃんと描《か》く。だれも、きみほどの強さを持ってる者はいないからな」

あたしは、キノコに描《か》かれた猫《ねこ》のルーシーの絵を思いだした。ミラーがそれを描《か》いた日のことを。

「ああ、ここに何かあればなあ。今、きみを描《か》くのに」とミラーがいった。

あたしはショールの下に手をのばした。父さんの地図は、無事そこにあった。あたしはその裏をつかうように、ミラーにさしだした。

「でも、あたし、頭巾《ずきん》をなくしちゃった」

ミラーがほほえむ。

「おれが思いだせないとでも思うのか?」

そこにすわって、あたしは見ていた。ミラーの手元を。

あたしは、スタンウィックス砦《とりで》に行く。自由を勝ちとるために、あたしなりに戦うのだ。でも、そのことはまだミラーにはいうまい。

絵が仕上がるまでは。

27　二枚のスケッチ

ユーティカの町に入ると、ハリーは自分のほこりまみれのトラックを、同じようにほこりでよごれた店の前にとめた。

「この店は、おれが物心ついたときから、ずっとあるんだ」

エリザベスはウィンドーをのぞいた。ふちの欠けた皿が無造作に並べられている。真ん中には、肉厚な緑の葉をしげらせた古そうなベンケイ草の鉢《はち》、そのわきには古風なランプが二台あって、黒いコードが台部にぐるぐる巻きつけられている。

「何も変わっとらん。この二十年間で、売れたものなどひとつもないんじゃないか？　この店がつぶれんのは、まさに奇跡《きせき》だな。おれは、ときどきよって、冷やかすんだ」

中に入ると、よどんだ空気の中、かびくさいにおいが鼻をついた。裏窓から入る光に、店内のほこりがゆっくりと舞《ま》っている。

ハリーは、だまって店主にうなずき、エリザベスの腕《うで》をとって、店の奥《おく》に入っていった。古い家具をまわって壁際《かべぎわ》まで来ると、渦巻模様《うずまきもよう》の銀の額縁《がくぶち》に入った油絵が、ふぞろいな高さにかけられていた。

「こんなものじゃないんだ。おまえさんに見せたいのは、スケッチなんだ」

ハリーは興奮していた。エリザベスもウキウキしてくる。ハリーはいったい何を見つけたんだろう?

しかつめらしい顔の女やヒゲの男の肖像画《しょうぞうが》を見ながら、壁《かべ》に沿ってさらに奥《おく》に行くと、最後にスケッチが何点かかかっていた。

「ほら、覚えてるか?　ズィーのスケッチにあった印」とハリーが目を輝《かがや》かせてエリザベスをふりかえった。

「ええ、薪《まき》を真ん中で束ねたみたいな印」

そういって、目の前のスケッチを見たエリザベスはおどろいた。なんと同じ印が描《か》かれている。

「同じ画家が描《か》いたんだわ」

店主がうしろからやってきた。灰色の髪《かみ》を肩《かた》までのばし、小さなメガネをかけたその男は、この店と同じくらい古色蒼然《こしょくそうぜん》としていた。

「麦わら束なんですよ。画家のサインでね。たぶん字が書けなかったんでしょうな。ミラー・フィーラーというのが画家の名前です」そういうと店主は壁《かべ》を指さした。「うちにあるのは二点。あとは、オールバニーの博物館に何点かあります」

エリザベスはそのふたつのスケッチに見入った。ひとつ目に描《えが》かれているのは草原だ。ふたりの男の子が転げまわって、けんかをしている。最小限の線で描《えが》かれているが、生き生きした動きと男の子たちのエネルギーが感じられる絵だ。

ふたりをそばで見ているのは、女の子だ。三人の向こうには川がある。もちろん、デラウェア川だろう。

とすると、この女の子はズィー？　横顔だから、よくわからない。

「この男の子たちは、この女性の子どもかしら？」

「どうでしょうな」と店主が肩《かた》をすくめた。「けんかしている男の子たちより、むしろ幼くみえませんか？」

エリザベスは顔を近づけた。

「ひょっとしたら、これはあの戦いより前のものかも。ズィーがオリスカニーに行く前の。暖かい日だったんだわ。三人はここまでかけてきた。ハァハァいいながら、川の前で止まって……」

「物語るのがお好きなんですな」

店主のことばに、エリザベスの胸はよろこびでいっぱいになった。

「おまえさんが見たいのは、こっちの絵だろう」とハリーがやさしくいう。

その絵の前に立つなり、エリザベスの手が絵に向かった。

ズィーだ。どこで出会おうと、すぐにわかる。ボタンみたいに小さいダンゴ鼻。リンゴのようにもりあがった頬《ほお》。

でも、この絵は、もっとおとなのズィー、わらってるズィーだ。一枚目と同じ草原の端《はし》に、よちよち歩きらしい赤ん坊《ぼう》を抱《だ》いて立っている。両側にふたりの男の子をしたがえて。もし服装がこんなじゃなかったら、現代の家族といってもいいくらいだ。

エリザベスはゆっくりと語りはじめた。

「オリスカニーの戦いのあと、ハン・ヨスト・スカイラーという名の王党派の男が、イギリス軍のセントレジャー大佐《たいさ》にいった。愛国軍のアーノルド将軍が攻《せ》めてくるぞ、と。それから、スカイラーは森の木を指さし、アーノルド将軍の兵士の数が、森の木の葉と同じくらい多いことをしめした。たちまち、王党派と仲間のインディアンたちはふるえあがった」

そのあとは、ハリーがつづけた。

「セントレジャー大佐《たいさ》は、イギリス軍をつれて退却《たいきゃく》した。スタンウィックス砦《とりで》をアメリカ人の手に残してな」

そこにズィーがいたのだろうか？　砦《とりで》の上に新しいアメリカの旗がひるがえるのを、ズィーは見たのだろうか？

だが、これだけはたしかだ。ミラー・フィーラーがズィーと子どもたちをスケッチしたとき、戦いは終わっていた。この絵に描《えが》かれている子どもは、絶対にミラーとズィーの子どもだ。

「そうとも」とハリーがこたえた。エリザベスが口にだしたわけじゃないのに。

そして、ハリーは、もちろん、その二枚の絵を買いとった。

「こっちのズィーは、おまえさんに。そして、この草原のは……」

エリザベスは、ハリーが「おれに」というのを待っていた。

だが、ハリーはいった。

「草原のは、リビーにだ」

リビーの家にもどる途中《とちゅう》、エリザベスはずっと絵を胸に抱《だ》きしめて考えていた。

ミラーはスケッチというやりかたで、ズィーの物語を語ってくれたのだ。

エリザベスは、老人になったズィーを思い描《えが》くことができる。白くなった髪《かみ》の毛を頭巾《ずきん》の下からのぞかせ、たくさんの孫に囲まれたズィーを。

そして、その中のひとりが、エリザベスの祖母より三世代前の女性なのだ。

28　語りつぐ話

美しい春の朝だった。

あたしは草原の端《はし》にレイチェルを抱《だ》いて立った。あたしの横には、もうずいぶん背がのびたふたりの息子。

戦いは終わった。もうずっとずっと昔のことのようだ。

イギリス軍が、スタンウィックス砦《とりで》から戦わずに退却《たいきゃく》したあと、ジョンとあたしは家に帰った。

途中《とちゅう》で、あたしたちは母さんのスプーンとやかんをさがそうとしたけど、あたしがかくれていたほら穴はなくなっていた。嵐《あらし》のとき、泥《どろ》や石で埋《う》まってしまったらしい。

でも、そんなのはたいしたことじゃない。肝心《かんじん》なのは土地だ。あたしたちがあれほど苦しい戦いのあとに勝ちとった、あたしたちの土地だ。

やっとのことで、緑におおわれたあたしたちの土地にたどりつくと、ミラーが見つけて、とんできた。両手を広げて、あたしたちを迎《むか》えてくれた。

今も、あたしは息子のトビーとマシューに、そのときの戦いの話をする。もうすぐレイチェルも話が聞ける年齢《ねんれい》になるだろう。そしたら、亡くなった親しい人たちのことを話してやろう。あたしたちは、これから先もずっと自由なのだと、約束しよう。

春になったので、あたしは息子たちに、ジェラードじいさんのことを話した。何年も前に、じいさんがあたしにおしえてくれたことを。

「ほら、上を見てごらん。ブナの木の葉が、やわらかい毛の生えたネズミの耳みたいに見えるだろう？　種をまく時期がきたんだ」これにあたし自身のことばをつけくわえると、息子たちがわらった。「種まくときは、種にささやくんだよ。土の中で幸せにすごしてねって」

でも、あたしにはわかってる。息子たちはきっとそのことばを思いだす。父親を手伝って畑に種をまくときも、それから、ジョンとジョンの息子たちや、川向こうのジュリアンを手伝うときも。

ミラーが、あたしたち四人をスケッチする手を止めて、顔を上げた。

「ズィー、おれたちには、語りつぐ話がたくさんあるな」

あたしは、ほほえんでうなずいたが、思いだすと涙《なみだ》が出てきて、ミラーのすがたが光る涙《なみだ》で見えなくなった。つらい物語もあるのだ。

でも、たいへん。パンの焼けるにおいがしてきた。

また黒焦《くろこ》げになる前に、急いでとりださなくちゃ。

29　パパの話

とうとう、火曜日の夜がきた。

昼間、エリザベスは、学校での最後の一日を、みんなと抱《だ》き合ったり、メールのアドレスを交換《こうかん》したりしてすごした。

今、エリザベスは、リビーと玄関《げんかん》ホールに立ち、足元のふたつの大きなダッフルバッグと並んで待っていた。

さきほどかかってきた携帯《けいたい》では、父親はちょうど高速道路をおりたところだという。あと二、三分のうちに到着《とうちゃく》するだろう。

エリザベスは、もう一度、きゃしゃな額縁《がくぶち》の中のズィーを見た。そばで涙《なみだ》をためているリビーが、意を決したようにいった。

「あなた、きっともどってくるのよ。もちろん、あなたはお父さんの子だけど、わたしたちの親戚《しんせき》でもあるんですからね」

ハリーもほとんど同じことをいっていた。

「七月になったら、おれたちいっしょに調査旅行に行こう。古いほら穴が見つかるかもしれん。おばとおじとめいの三人組で。どうだ?!」

たぶん、ほら穴は見つからないだろう。でも、そんなことはどうでもいい。ここにもどってきて、長々とやっかいになろう。

ズィーが、わたしの人生を変えてくれたんだ。

だが、父親の車が前の通りにとまるのを見ると、エリザベスはじっとしていられなくなって、玄関《げんかん》のドアをあけ、おもてにとびだした。

このすべてをあたえてくれたのは、パパ。エリザベスははじめてそれがわかった。

なぜなら、ここに来る前に父親はいったのだ。

「そろそろ母さんのほうの親戚《しんせき》に会うのもいいだろう」と。

父親が車のドアをあけるのを見て、エリザベスは立ち止まった。

そうだ、家に帰ったら、今度はパパのことをもっと知りたい。

パパの彫刻《ちょうこく》のこと。それに、ものをすぐこぼしたりひっくりかえしたりして失敗ばかりしてるけど、パパのことが大好きな娘《むすめ》がいることを、パパはいったいどう思ってるんだろうということ。

今まで知らなかったパパの物語を発見しよう。そして、わたし自身の物語も、パパに知ってもらおう。

エリザベスは、待ちきれない思いで、車に向かってかけだした。

作者おぼえがき

スタンウィックス砦《とりで》は、もともとイギリス軍によって建てられましたが、独立戦争の前にはつかわれなくなっていました。それを愛国派が建てなおし、スカイラー砦《とりで》と名前を変えました。一七七七年、イギリス軍のセントレジャー大佐《たいさ》は砦《とりで》を陥落《かんらく》させようと包囲しましたが、失敗して撤退《てったい》しました。しかし、砦《とりで》は火事と雨によってひどく損傷し、一七八一年には打ち捨てられました。砦《とりで》はそのあと修復され、ふたたびスタンウィックス砦《とりで》という名称《めいしょう》で見学者に開放されています。この本では、スタンウィックス砦《とりで》という現在もつかわれている名称《めいしょう》に統一しています。

愛国派のニコラス・ハーキマー将軍は、戦場で負傷したあと、現在のニューヨーク州、リトル・フォールズにあった彼《かれ》の家に運ばれました。数日後、将軍は感染症《かんせんしょう》で亡くなりました。現在、彼《かれ》の家は博物館になって、一般《いっぱん》に公開されています。

訳者あとがき

彫刻家《ちょうこくか》の父親とふたりきり、おだやかに暮らしていたのに、父親の仕事の都合で、覚えてもいない母方の叔母《おば》にあずけられたエリザベス。内気な叔母《おば》との気詰《きづ》まりな生活の中で、自分そっくりの少女の肖像画《しょうぞうが》にひかれていきます。その絵の少女は、二〇〇年以上も前、アメリカ独立戦争のころにそこに住んでいた祖先、ズィーでした。エリザベスは、絵の裏に書かれた図の謎を解きズィーの運命に迫《せま》ろうと、偏屈《へんくつ》な親戚《しんせき》とともに、古戦場にズィーの足跡《そくせき》をたどります。

二十一世紀のエリザベスの日常と並行して語られる十八世紀のズィーの物語は、一七七七年、アメリカの独立戦争当時、現在はニューヨーク州中部の町オリスカニーで行われた戦闘《せんとう》前後のできごとです。一七七五年、アメリカ東部のイギリスの植民地十三州は、イギリス本国の課税やさまざまな圧迫《あっぱく》に対して立ち上がり、アメリカ独立戦争が始まりました。しかし、植民地側が一致団結《いっちだんけつ》してイギリスと戦ったわけではありません。独立国を目指してイギリス軍と戦った人々と、独立に反対してイギリス軍とともに戦った人々がいた、つまり、植民地の人々が敵味方に分かれて戦ったのです。

当時の植民地の人々の意識は、独立派（愛国派）が五分の二、独立に反対する王党派が五分の一、残る五分の二は中間派だったといわれています。先住民であったアメリカ・インディアンは、多くがイギリス軍、王党派とともに戦いましたが、愛国派に味方した部族、中立だった部族もいました。植民地の兵は、愛国派も王党派も、普段《ふだん》は農民として生活をしている隣人《りんじん》、隣《とな》り合った村人たちで、制服はおろか、武器も装備も訓練も十分でないまま戦いました。女性でさえ、ズィーのように、軍といっしょに戦場について行き、調理、洗濯《せんたく》、看護などで戦闘《せんとう》を支えることもあったのです。

私たちは、静かでさびしさの漂《ただよ》う二十一世紀の物語と、素朴《そぼく》な開拓《かいたく》生活の中にも不吉《ふきつ》な予感のする十八世紀の物語が、どこでどうつながるのだろうと謎《なぞ》にひかれて読み進むうち、独立戦争のまっただ中に引きずりこまれ、まるで歴史の一場面に立ち会ったような気持ちになります。

不器用でうっかり者で容姿も平凡《へいぼん》と、エリザベスそっくりのズィーですが、隣《とな》り同士敵味方となって戦わざるをえない独立戦争の状況《じょうきょう》が、ズィーを劇的に変えていきます。敢《あ》えて戦闘《せんとう》にとびこみ、自ら歴史を進めようとするズィー。そして、そのズィーの実像に迫《せま》ろうとする二十一世紀のエリザベスもまた、ズィーの強さを取り込《こ》むかのように、語る者としての才能に目覚め、自らを積極的に外に拓《ひら》いていきます。エリザベスが発見したズィーという二〇〇年前のひとりの女性の生き方は、おそらく小説家になるであろうエリザベスの成長を、これからもいろいろな場面で助け支えていくことでしょう。そして、この物語を読んだ私たちをも。

考えてみれば、エリザベスのように劇的な祖先との出会いはなくとも、父母や祖父母から聞く昔の話や郷土の話に、私たちは無関心ではいられず、興味をかきたてられるものです。親しい人の口から聞くそんな話は、私たちの心に特別印象深く刻まれるものですが、どこかで聞いたり読んだりした赤の他人の話、いいえ、何百年も前の昔話や遠い外国の話さえ、あるとき、ふっと心の底から浮《う》かび上がってきて、私たちに何かを納得させたり、元気づけたりしてくれる、そんな経験はだれにもあるのではないでしょうか。

私たちは、自分だけの経験と思い出だけをたよりに生きているわけではありません。時間や空間を隔《へだ》てたたくさんの人の物語とつながって生きているのです。そう思うと、小説も含《ふく》め、物語を紡《つむ》ぎ語るという行為《こうい》が、そして、その物語に耳を傾《かたむ》けることが、ますます大切な愛おしいことに思えてきますね。

もりうち すみこ

作者／パトリシア・ライリー・ギフ（Patricia Reilly Giff)

ニューヨーク市ブルックリン生まれ。20 年間教師をしたのち、子どものための本を書き始め、60 冊をこえる著作は広く子どもたちに読まれ愛されている。邦訳作品に『ノリー・ライアンの歌』、『リリー・モラハンのうそ』、『ホリス・ウッズの絵』(共にさ・え・ら書房）などがある。コネチカット州在住。

訳者／もりうち すみこ

福岡県生まれ。訳書『ホリス・ウッズの絵』（さ・え・ら書房）が産経児童出版文化賞に、訳書『真実の裏側』(めるくまーる）が同賞推薦図書に選ばれる。他の訳書に『きみ、ひとりじゃない』『漫画少年』（共にさ・え・ら書房)、『スカーレット』（偕成社)、『ある日とつぜん、霊媒師』(朔北社）などがある。

語りつぐ者

2013 年 4 月 第 1 刷発行　2014 年 4 月 第 2 刷発行

原　作／パトリシア・ライリー・ギフ

訳　者／もりうち すみこ

発行者／浦城 寿一

発行所／さ・え・ら書房　〒162-0842 東京都新宿区市谷砂土原町3-1 Tel.03-3268-4261
http://www.saela.co.jp/

印刷／東京印書館　製本／東京美術紙工　Printed in Japan

 ISBN978-4-378-01497-5　NDC933

ノリー・ライアンの歌

パトリシア・ライリー・ギフ作／もりうちすみこ訳

19 世紀半ば、100 万人もの餓死者を出したといわれる、アイルランドのジャガイモ飢饉。とある農村を舞台に、絶望と困難のなかを生きのび、そして希望を見いだして生きぬいた少女を描く。
作者のパトリシア・R・ギフはアイルランド系アメリカ人。祖母のアメリカ移住時のようすを思い描き、本書を執筆した。

ゴールデンカイト・オナー賞受賞作品。

ホリス・ウッズの絵

パトリシア・ライリー・ギフ作／もりうちすみこ訳

ホリス・ウッズは、生後 1 時間で捨てられた――里親から里親へたらいまわしにされたホリスは、山のようにめんどうをおこし、家族になろうと申し出たリーガン家からさえ逃げだした。けれど老いた女性彫刻家と冬の山荘に隠れ住むうち、ホリスの心は、みずから去ったリーガン家とすごした夏の日々にもどっていく。
ニューベリー・オナー賞受賞。

リリー・モラハンのうそ

パトリシア・ライリー・ギフ作／もりうちすみこ訳

「ボートをこいで沖に出たら、軍艦にボートを近づけて、あとは泳ぐわ。その軍艦に乗っかって、父さんのところまで行くの」
1944年夏、戦時下のニューヨーク郊外の避暑地で、少女リリーはナチスから逃げてきた少年と出会った。だが、リリーが希望をこめてついたこの“うそ”が、思わぬ危険をまねくことに……。
ニューベリー・オナー賞受賞。

ウィッティントン

アラン・アームストロング作／もりうちすみこ訳

ふらっと納屋にやってきた、はぐれ猫ウィッティントン。はみだし者の雌ガモや馬、そして、親を亡くした姉弟たちに語ったのは、“はるか昔の祖先冒険談と、ロンドンで庶民の英雄となったディック・ウィッティントンの波瀾万丈の生涯”だった……
伝説の英雄と猫の大冒険とロマンス。そして、姉弟に動物たちの愛がもたらす奇跡。
ニューベリー・オナー賞受賞。

生きのびるために

デボラ・エリス作／もりうちすみこ訳

タリバン政権下のアフガニスタン。女性は男性同伴でなければ、一歩も外へ出られない。父をタリバン兵に連れ去られ、食糧もつきたパヴァーナの家族が生きのびる唯一の道は？……家族を飢えから救うため、１１歳の少女パヴァーナは髪を切り、少年となってカブールの町で働きはじめる。難民キャンプで取材したアフガン女性の話を元に紡いだ物語。

希望の学校　新・生きのびるために

デボラ・エリス作／もりうちすみこ訳

米軍にテロリストとうたがわれ、尋問を受けるアフガンの少女……女性兵士の足音が、廊下を遠ざかっていく。耳をそばだて、だれもやってこないことがわかると、少女はチャドルの中でつぶやいた。「そう、わたしの名前はパヴァーナよ」
戦乱のアフガンを生きぬく少女を描いた連作、『生きのびるために』、『さすらいの旅』、『泥かべの町』に続く最終巻。